QUERVERLAG

PHILIPP LUTZ

MALIBU

ROMAN

Die Handlung, die Figuren und manche Schauplätze dieses Romans sind fiktiv. Ähnlichkeiten mit lebenden und toten Personen sind unbeabsichtigt.

Erste Auflage März 2022

Lektorat: Marc Lippuner

Umschlag und grafische Realisierung von Sergio Vitale unter Verwendung einer Fotografie von Laurence Mouton/getty images.

Gesamtherstellung: Finidr
ISBN 978-3-89656-312-5
Printed in the Czech Republic

Bitte fordern Sie unser Gesamtverzeichnis an:
Querverlag GmbH
Akazienstraße 25, 10823 Berlin
www.querverlag.de

Ich spüre den Bass in meinem ganzen Körper. Die Lichter flackern und immer wieder strömt Nebel aus der Maschine in die tanzende Menge. Ich reiße die Arme nach oben, zappele hin und her – denn tanzen kann man das bei mir definitiv nicht nennen. Es ist eher ein unkontrolliertes Bewegen, Hopsen, mal auf der Stelle treten, dann aber auch mal ein, zwei Schritte nach vorne, links, rechts und wieder zurück … Eine „irre Choreo"! Aber egal. Es fühlt sich gut an. Mache mir keine Gedanken, was die anderen zu meinem Zappel-Stil sagen oder ob und wie sie sich den Mund zerreißen.

Momentan habe ich jedenfalls das Gefühl, den Rhythmus im Blut zu haben – mehr oder weniger. Alkohol sei Dank! Überhaupt ist alles so leicht und beschwingt. Was doch so ein Wodka Red Bull auf leeren Magen alles auslösen kann, zumal ich ja eh kaum was vertrage.

Vertragen ist das Stichwort. David ist zurückgekommen und hält zwei neue Wodka Red Bull in der Hand. Mit einem Grinsen streckt er mir ein Glas entgegen. Ich dezimiere meine wilden Bewegungen und nehme das Glas leicht zappelnd und ohne zu überlegen an. „Auf uns! Auf den Abend!", brüllt mir David lallend zu, während gerade Rihanna „Don't stop the music" aus den Boxen zum Besten gibt. Auch ihm merkt man den Alkohol schon sicht-

bar an. „Auf die Nacht!", schreie ich zurück. Die Gläser klirren ungestüm aneinander, die klebrige Flüssigkeit schwappt aus meinem Glas und findet den Weg natürlich zielsicher auf mein T-Shirt. David reißt sofort gespielt die Augen auf, zieht an meinem Shirt und schleckt mit seiner Zunge über den Fleck. „Das gute Zeug!" Kopfschüttelnd und grinsend schaut er mich an. Ich lasse sein Schlecken geschehen, muss lachen – wie eigentlich fast eh schon die ganze Zeit. Aber irgendwie ist auch alles lustig – ein neuer Schluck aus meinem Glas. „Was für Assis!", höre ich ein Mädchen, aufgedonnert wie so eine Tussi, zu ihrer Freundin rufen, die sich direkt neben uns befinden und scheinbar alles beobachtet haben. Aber egal. Rihanna ist immer noch am Start und der süßliche „Gummibärchensaft" erneut in meinem Mundraum. Schnell lasse ich ihn den Weg durch die Speiseröhre in meinen Magen nehmen. Und noch einen großen Schluck direkt hinterher. Ja, Rihanna, „please don't stop the music" und vor allem, please don't stop this evening!

David hat inzwischen von meinem Shirt abgelassen und sein Glas auch schon geext. Er lacht mir zu, während er seinen Körper in den Zappel-Modus versetzt. Was für ein Abend, was für eine tolle Nacht! Mir wird zwar schwummerig, aber das kann mich nicht vom Zappeln abhalten. Im Gegenteil. Meine diversen Körperteile scheinen sich noch virtuoser bewegen zu können.

David sieht die Tussi und baggert sie an. Er fängt sich direkt einen verachtenden und angewiderten Blick ein. Sie zeigt ihm die kalte Schulter, indem sie sich umdreht und ihn komplett ignoriert. David schaut zu mir und hält den Daumen hoch. Freudestrahlend. Hat ja bestens geklappt. Ich lache. Wieder.

Mittlerweile hat ein krasser Musikwechsel stattgefunden. Von Rihanna zu Helene Fischer. Das muss man sich auch als DJ erst mal trauen. DJ? Ist vermutlich selbst ein Abiturient, der die Musik bei seinem Abiball machen wollte. Aber auch das ist egal. Alles ist momentan egal. Denn seit Langem habe ich wieder das Gefühl zu leben. Jede Sekunde zu genießen. Zu spüren. Aufzusaugen. Wie ein ausgetrockneter Schwamm das Wasser oder wie vorhin mein Shirt den Wodka-Red-Bull-Schwall aus meinem Glas. Und das Tollste?

Nicht alleine, sondern mit meinem besten und einzigen Freund David. Meinem „Bruder".

Ich betrachte ihn für einen kurzen Moment. Wir schauen uns in die Augen. Er fühlt sich aufgefordert und „tanzt" mich sofort an. „Was für geile Schnitten hier sind", brüllt er mir zu und deutet extrem sichtbar mit seinem Zeigefinger auf die Mädchengruppe, bei der sich auch die Tussi aufhält. Ich runzele nur die Stirn, denn die sind doch alles andere als geil. Aber auch das ist eine positive Nebenwirkung von Alkohol. Mit zunehmendem Pegel wird einem nicht nur vieles egal, sondern die Menschen um einen herum werden oft auch attraktiver. Davids Pegel ist definitiv hoch. Kein Wunder, da er im Vergleich zu mir bereits die doppelte Wodka-Red-Bull-Menge intus hat.

„Komm, wir steigen auf das höchste Dach dieser Welt, halten einfach fest, was uns zusammenhält, oho, oho …" Helene bringt die Schul-Aula förmlich zum Überkochen. In diesem Moment greift David nach meiner Hand und reißt sie mit in die Höhe. Wir beginnen, synchron zu springen. Immer wilder. Immer höher. Zumindest kommt es mir so vor. Ich vergesse alles um mich herum. Nur der Text, der ist noch präsent und den gröle ich lauthals mit. „Alles, was ich will, ist da, große Freiheit pur, ganz nah, nein wir wollen hier nicht weg, alles ist perfekt. Atemlos durch die Nacht …" Auch David schreit den Text förmlich heraus.

Wir springen wie in Ekstase. Hoch und runter.

Genau jetzt ist alles perfekt! – zumindest für einen kurzen Moment.

Denn zu dem perfekten Moment gesellt sich just mit diesem Gedanken eine unglaubliche Übelkeit. Genauso schnell, wie ich vor ein paar Minuten das Wodka-Red-Bull-Gemisch meine Speiseröhre in den Magen entlanggleiten ließ, scheint es nun umzukehren und rasant wie in einem Fahrstuhl mit ordentlich viel Druck zurück in meinen Mundraum fließen zu wollen.

Aufhalten?

Zwecklos!

Noch auf die Toilette rennen?

Vergiss es!

Alles geht so schnell, passiert in nicht mal einem Bruchteil einer Sekunde. Bin gerade noch mit David in der Luft, höre, wie Helene „Lust pulsiert auf meiner Haut …“ trällert, da pulsiert auch schon meine Kotze auf den Boden, noch bevor meine Füße diesen wieder erreicht haben.

Mein Gott, ist mir schlecht. Ich lasse meinen Kopf hängen und sehe erst jetzt, dass auch mein Shirt was abbekommen hat. Doch das Peinlichste: Flugs hat sich eine Schneise um uns gebildet. Ich hebe noch mal kurz meinen Kopf, suche nach David und bekomme nur eine geballte Ladung angewiderter, ablehnender und verachtender Gesichtsausdrücke ab. Ich habe das Gefühl, nicht mehr stehen zu können, obwohl ich nur noch wegrennen will.

Ich sacke auf den Boden in meine Kotze, wobei mir ihr säuerlicher Duft in die Nase steigt und mich erneut auf den marmornen Boden der Schul-Aula erbrechen lässt. Inzwischen spüre ich eine Hand auf meinem Rücken. Es ist die von David, der sich als Einziger zu mir hinunterbegeben hat und mich zu stützen versucht.

Mit glasigem Blick schaue ich ihn an. Doch so voll, wie er selbst ist, grinst er mir nur zu und grölt parallel weiter zur Musik: „Atemloooooooooooos durch die Nacht … bis ein neuer Tag erwacht …“

An den morgigen neuen Tag möchte ich jetzt noch gar nicht denken! Ist mir schlecht …

*

Ich betrachte den gelblichen Gallenschleim in der metallenen Nierenschale und lasse meinen Kopf darübergebeugt. Obwohl der Schalenboden mit Schleim bedeckt ist, kann ich meine Glatze noch gut erkennen. Es sieht so aus, als würde sie heute besonders glänzen. Schick. Mal ein neuer „Look“.

Ich greife nach einem Einmalwischtuch aus der Box auf dem Nachttisch an meinem Bett und putze mir den Mund ab. Das Kotzen hat mich erschöpft. Lasse meinen Oberkörper wieder zurück auf die Matratze gleiten und stelle die Nierenschale auf meinem Bauch ab.

„Hab schon gedrückt."

Ich drehe meinen Kopf zu David, der im Nachbarbett liegt und noch den Klingelknopf in der Hand hält.

„Scheiß Wodka Red Bull!" Ich kratze mich mit dem Zeigefinger auf meiner Glatze.

„Hast wieder so viel geschluckt?" David sieht mich weiterhin an.

„Du hast mich doch abgefüllt!" Ich atme bewusst tief ein und aus, weil ich das Gefühl habe, gleich wieder kotzen zu müssen.

„Ach so, klar, ich vergaß, Abfüllen ist ja meine Stärke." David grinst. „Kannst du mich bitte aufklären? Mein Film von der Nacht ist wohl gerissen."

„Nicht nur dein Film." Ich lächele und spüre schon wieder den Aufzug, der sich in meinem Inneren in Bewegung gesetzt hat. Erneut greife ich nach der Nierenschale, hebe routiniert meinen Oberkörper leicht an und gewähre dem Aufzug das Öffnen seiner Türen – wobei ich es eh nicht verhindern könnte. Aber klingt es nicht besser, wenn ich sage, „ich gewähre" statt „über mich wird sich hinweggesetzt"?

Bei „ich gewähre" schwingt doch noch ein bisschen Selbstbestimmung mit und wenigstens dieses Gefühl versuche ich mir seit Monaten zu erhalten. Irgendwie.

Würgend hänge ich über der Schale. Und siehe da: Der Aufzug ist, wie könnte es anders sein, leer.

Wie ich diese Drecksleerfahrten hasse! Wenn er sich schon in Bewegung setzt, dann könnte er doch wenigstens Gallenschleim oder von mir aus auch Blut transportieren, denn sonst befindet sich ja nichts in meinem Magen. Wie auch, wenn man den Tag über aufgrund des permanenten Übelseins durch die ganzen Medikamente so gut wie nichts isst und letztlich nur durch eine Infusion ernährt wird. Das nennt man dann parenterale Ernährung.

Eine oder zwei Leerfahrten wären ja noch okay, aber dass er dieses Hoch-Runter-Fahr-Spiel dann x-mal vollziehen muss, das kotzt mich – im wahrsten Sinne des Wortes – an. Gerade rauscht er schon das vierte Mal runter und wieder hoch. Ein

Würgen jagt das nächste. Anstrengend. Ermüdend. Etwas Speichel tropft in die Schale und gesellt sich zu meinem vorher erbrochenen Gallenschleim. David schaut mich noch immer an.

„Hetz dich bloß nicht mit dem Antworten und kotz erst mal in Ruhe zu Ende." Gelassen nickt er mir zu. Ich lasse meinen Kopf weiter über der Schale hängen und strecke nur meinen rechten Daumen in die Luft.

David versteht mich – ich glaube, er ist wirklich der Einzige.

Endlich wird etwas Gallenschleim, verbunden mit Blutspuren, nach oben befördert und ich kann ihn herauswürgen. Den Brechreiz zu spüren, aber wegen der gähnenden Leere im Magen nicht brechen zu können, das macht mich echt fertig. Schweißperlen haben sich mittlerweile auf meiner Stirn gebildet. Mein Bauch schmerzt vom unentwegten Würgen. Ohne in die Nierenschale zu blicken und nur durch den Mund atmend, um keine Gerüche aufnehmen zu müssen, die direkt wieder den Aufzug in Bewegung setzen würden, lasse ich meinen Oberkörper zurück auf die Matratze fallen. Aus dem Augenwinkel sehe ich, dass mittlerweile auch David über einer Schale hängt und kotzt.

Oft kotzen wir simultan oder direkt nacheinander, als würde man damit dem anderen zeigen wollen: *Hey, du bist nicht alleine.* Geteiltes Kotzen ist doch schon halbes Kotzen … oder so ähnlich.

Die Tür wird aufgerissen und Schwester Tanja wirbelt herein. Sie scheint immer voller Energie zu sein und diese versprühen zu wollen. Energie ist auf dieser Station eigentlich auch bitter nötig – bei den überwiegend passiven und ausgemergelten, von Krebs oder Leukämie gezeichneten Kindern und Jugendlichen. Doch zumindest mein Körper will ihre Energie nicht so recht aufsaugen. Dennoch freue ich mich immer besonders, wenn sie im Dienst ist – das ist bei den anderen Schwestern und Pflegern nicht der Fall.

Die Vorstellung, sich jeden Tag mit krebskranken Kindern und Jugendlichen umgeben zu müssen … ich könnte und wollte das nicht. Respekt. Sie zwinkert mir zu und nimmt direkt die Nierenschale von meinem Bauch. „Was für 'n Mief hier." Sie rümpft die Nase, während sie kurzerhand die Schale am Waschbecken ausspült. Gerade hat auch David sein Kotzen zu einem erfolgreichen Abschluss bringen können. „Daran sind die Chicas schuld, die heute Nacht einfach nicht mehr abziehen wollten." David streckt ihr seine Schale entgegen.

„Und der Alkohol", füge ich hinzu. Tanja nickt grinsend, stellt meine Nierenschale wieder auf meinen Nachttisch und vollzieht die gleiche Spül-Putz-Prozedur mit der Schale von David.

„Dann waren es aber mindestens zwanzig Chicas, der Luft nach hier zu urteilen." Tanja lacht.

„Vierzig! Zwanzig für jeden!", antwortet David trocken.

„Das würdest du doch konditionell gar nicht schaffen", kontert Tanja und stellt die gewaschene Nierenschale wieder an Davids Bett zurück. Flugs hat sie das Fenster auf Kipp gestellt. Ganz öffnen lässt es sich aber nicht. Man könnte ja sonst auf den Gedanken kommen, doch mal rauszuspringen, wenn einen wieder eine Depression packt, schüttelt und nicht mehr loslässt. Vom achten Stock ist die Wahrscheinlichkeit nämlich gar nicht so gering, dass es dann der finale Sprung für einen wäre.

„Ich schaffe noch ganz andere Dinge." David klopft sich selbst auf die Brust.

„So so", sagt sie schmunzelnd in seine Richtung. „Komme in 'ner guten Stunde mit dem Fünf-Sterne-Menü zurück." Sie grinst und verlässt das Zimmer.

Tanja ist schon cool. Sie ist so locker, unverstellt und behandelt einen völlig normal. Ohne Samthandschuhe. Ohne zögerliches, abwägendes Sprechen. Ohne mitfühlendes Schauen. Vielleicht liegt es auch an ihrem Alter. Ist ja nur drei Jahre älter als wir, auch wenn sie nicht wie zwanzig aussieht, zumindest dachte ich am Anfang, dass sie noch nicht mal volljährig ist und gerade ein Praktikum macht. Dieser Eindruck wird sicherlich auch durch ihre 1,60 Meter und durch ihren zierlichen Körperbau erzeugt.

Keine Frage, sie ist nicht nur die netteste Schwester auf der Station, sondern auch die attraktivste mit ihren braunen, hellwachen Augen und den dunkelblonden, glatten Haaren, die sie immer zu einem Pferdeschwanz gebunden hat. Es sieht so aus, als würde sie kein Make-up verwenden – außer Lipgloss, weil ihre schmalen Lippen immer etwas glänzen. Aber auch das würde sie eigentlich nicht benötigen – zumindest meiner Meinung nach. Sie hat bestimmt viele Verehrer.

„Ist dir gerade aufgefallen, wie ihre Augen so geleuchtet haben, als sie mich gesehen hat?" David schaut zu mir rüber.

„Ähm … O ja!", antworte ich räuspernd und runzele ungläubig die Stirn. Dabei kann ich mir ein Grinsen nicht verkneifen.

Wie war das gleich noch mal mit ihren Verehrern?

„Merkst du denn nicht, wie scharf die auf mich ist?", setzt er begeistert nach und muss jetzt auch grinsen.

„So scharf, wie heute Nacht die Tussi auf dich war!" Ich nicke ihm zu. Für einen kurzen Moment schauen wir uns in die Augen.

„Hat sie mir etwa die Klamotten vom Leib gerissen?" David ist direkt Feuer und Flamme. Da ich nicht sofort antworte, bohrt er nach: „Jetzt erzähl schon, mein Filmriss hat alles gelöscht!"

„Vielleicht auch besser so." Ich lache, wende meinen Blick von ihm ab und starre an die Decke.

Weiß.

Kalt.

Hässliche Decke!

„Jonas? Sag schon!" Davids Stimme ist ungeduldig. Doch ich lasse ihn noch ein bisschen zappeln. Es gefällt mir, wenn er so ungeduldig, quengelig und fordernd ist. So aktiv. So lebendig. Gar nicht mit dem Zustand zu vergleichen, wenn er dann apathisch im Bett liegt und vor sich hinstarrt oder -döst, weil ihn wieder spezielle Medikamente ausgeknockt haben. Genau wie mich.

„Hat sie mich geküsst? Mit Zunge? Hab ich an ihre Titten gefasst? Oder sie in meine Boxershorts?"

Die Fragen sprudeln nur so aus ihm heraus.

„Interessiert dich nicht erst mal, wie sie überhaupt aussah?" Ich schaue wieder zu ihm rüber.

„Na, geil natürlich!" David formt mit seiner infusionsfreien linken Hand auf seinem Oberkörper eine große Brust nach. „Neunzig-sechzig-neunzig."

„Nicht ganz", antworte ich ihm lächelnd.

„Sie hatte halblange gelockte blonde Haare, grün-graue Augen, keine Brille." Ich halte kurz inne. David hört mir aufmerksam zu und blickt mich unverwandt an. „War so circa 1,70 Meter groß, eigentlich ganz nett …"

David lacht laut auf. *„Eigentlich ganz nett"*, äfft er mich nach, „wie sich das anhört. Nett ist der kleine Bruder von scheiße!"

„Nee! So meinte ich das nicht. Lass mich doch mal ausreden und halte dein Sabbern zurück, dir tropft ja schon die Spucke aus dem Mund", antworte ich grinsend und räuspere mich bedeutungsschwanger.

„Das ist nicht Spucke, das ist Kotze – um genauer zu sein: Galle", schmettert er mir ironisch zurück. Kaum hat er den Satz ausgesprochen, greift er auch schon zu der frisch ausgewaschenen Nierenschale, beugt sich darüber und beginnt zu würgen.

„Wenn man vom Teufel spricht", sage ich nur leise und schüttele den Kopf. Da höre ich auch schon weitere Würggeräusche von ihm. „Sie hatte ein hautenges weißes Tanktop an, aus dem ihre eigentlich wohlgeformten Titten buchstäblich herausquollen", führe ich weiter aus, untermalt von Davids Gekotze. „Auch ihr schwarzer Minirock war extrem mini und hätte beinahe als Slip durchgehen können. Die schwarzen High Heels unterstrichen zusätzlich ihr Tussi-Outfit. Echt billig sah das Ganze aus!"

Ich betrachte David, dessen Aufzug hoch- und runterrast. Erneut würgt er und kotzt etwas Schleimartiges in die Schale. „Und ihr Gesicht war entstellt – eine Tonne Make-up drauf. Mindestens!", ergänze ich noch schnell. „Da hättest du beim Küssen keinen Spaß gehabt."

„Aber wenn die Titten geil waren …“ Er bricht ab, weil ihn erneut ein Würgen überkommt.

Ich lache: „Titten sind doch nicht alles.“

„Nicht alles und doch viel“, sagt er schließlich trocken und atmet tief ein. Seine Augen tränen leicht von dem vielen Würgen. Sein Aufzug scheint zum Stehen gekommen zu sein. Wir schauen uns an. „Trotz allem war es eine geniale Nacht“, erzähle ich weiter, „an deren Ende ich, vom Alkohol kotzend, auf dem Aulaboden lag.“

„Und was hab ich gemacht?“

„Du hast dich neben mich hingesetzt und weiter *Atemlos* mitgegrölt.“

„Und mit Sicherheit weiter gealkt.“ Er befeuchtet kurz seine Lippen mit der Zunge.

„Richtig … dass so tolle Momente so schnell vorbeigehen müssen.“

„Das Kotzen fandest du toll?“

„Nee, toll nicht, ist mir ja vertraut. Ich meinte natürlich so ein toller Moment bis zum Kotzen … Wir sprangen wie in Ekstase zu *Atemlos*, hoch, runter, hoch, runter … und ich hatte das Gefühl, immer höher mit dir springen zu können. Höher und höher. Ich spürte nicht einmal mehr den Boden beim Aufkommen meiner Füße.“ Ich mache eine kurze Pause. David lächelt. „Und mitgesungen haben wir … also gegrölt … hmmm … wohl doch eher gelallt … Aber es war uns egal. Egal, was die anderen sagen, denken oder über uns meinen … Alles egal!“ Ich lächele betrübt. Für einen Moment ist es still in unserem Zimmer, sodass wir nur unser gegenseitiges Atmen hören können. Jeder hängt seinen Gedanken nach.

„Komm, lass uns jetzt ins Freibad gehen!“, sagt David plötzlich leise, aber doch in einem auffordernden Ton zu mir. Nachdenklich wende ich meinen Blick zurück an die hässliche, weiße Decke. Während ich heute Nacht nur so gesprungen und gehopst bin, liege ich nun passiv und von der Leukämie geschwächt im Bett.

„Hey!“, reißt mich David aus den Gedanken.

„Wir haben September. Schon vergessen? Die sind alle schon geschlossen", sage ich knapp und fixiere einen verfickten weißen Punkt an der Decke, was bei einer komplett weißen Decke eine Lebensaufgabe ist. Nur gut, dass ich hierfür heute Zeit habe.

„Bei dem Sonnentag! Schau mal raus, man könnte meinen, es wäre Sommer." Er macht eine kurze Pause, da ich jedoch nicht reagiere, spricht er weiter: „Und außerdem, *das hast wohl du vergessen*, haben wir zu jedem Bad Zutritt!"

Ich höre kurz sein Lachen, bevor die Tür wieder aufgeht und Tanja hereinkommt. Da ich aus dem Augenwinkel sehe, dass sie schnurstracks zu Davids Bett läuft und seine Nierenschale reinigt, bin ich mir sicher, dass er erneut den Klingelknopf betätigt hat.

„Hattest du Sehnsucht nach mir?", neckt sie ihn.

„Nach dir immer!", antwortet er ihr schmeichelnd.

„Dabei wollte ich erst wieder zum Mittagessen mit dem Menü zu euch kommen." Sie läuft an meinem Bett vorbei. „Und bei dir, Jonas?"

Bevor ich auch nur Luft holen kann, antwortet David: „Jonas und ich gehen gleich ins Höhenberg-Freibad. Also sollten wir nicht rechtzeitig zum Fünf-Gänge-Menü zurück sein, dann halte es uns bitte warm, okay?"

„Hat das noch geöffnet?", fragt sie irritiert.

„In Köln hat für uns immer alles geöffnet, egal, zu welcher Uhrzeit!"

„Dann liegt das wohl an euch, denn wenn ich nach der Spätschicht aus der Klinik komme, laufe ich nur an verschlossenen Läden vorbei." Tanja lacht.

„Jonas, was meinst du, soll Tanja mit?"

Davids erneuter Versuch, mich aus meiner runterziehenden Nachdenklichkeit zu holen, wirkt. Ich schaue zu ihm, doch wieder kommt er mir mit dem Antworten zuvor.

„Sorry, Tanja, das gibt einen Männernachmittag, ein anderes Mal vielleicht …"

„Die Betonung liegt auf Männer." Sie lacht wieder und ergänzt: „Dann viel Spaß, *Männer*! – Ihr seid schon irre!" Sie schaut noch mal kurz zu David, dann zu mir und geht mit einem Grinsen aus dem Zimmer.

„Bereit?" David schaut mich fragend an.

Obwohl ich ihn erst vor sechs Monaten hier auf der Station getroffen habe, hab ich das Gefühl, dass wir uns schon ewig kennen. Er spürt, was in mir vorgeht, was ich denke, wie ich ticke, und weiß genau, wie er mich zu nehmen hat und wann er mich lieber in Ruhe lässt. Wie ein eineiiger Zwillingsbruder.

Eineiigen Zwillingen sagt man ja auch nach, dass sie fühlen, wenn es dem anderen schlecht geht, und es zwischen ihnen ein unsichtbares Band gibt, das unerklärbar ist. Eine tiefe Verbundenheit. Ein Glück, dass ich damals ins Zimmer von David gelegt wurde. Dabei war das eher untypisch, weil David bereits seit drei Monaten eine Chemotherapie erhielt und die Ärzte eigentlich keine neuen Patienten mit schon länger in Behandlung Stehenden zusammenlegen. Aber damals war kein anderes Bett mehr frei – Gott sei Dank!

„Und?" David wartet immer noch auf meine Antwort.

„Ja." Ich lächele. „Muss nur noch meine Schwimmshorts finden."

„Brauchst du nicht, dafür hab ich schon gesorgt."

„Na dann …" Ich nicke ihm zu.

David hat fix seinen grauen Kapuzenpulli und sein schwarzes T-Shirt mit dem weißen New-York-Skyline-Aufdruck ausgezogen. Genauso schnell entledigt er sich seiner grauen Chucks, seiner dunkelblauen Jeans und seiner quietschgelben Socken – eines seiner Markenzeichen: auffallende und ausgefallene Sockenkreationen, die dem Betrachter fast in den Augen wehtun.

In seinen dunkelgrauen Retroboxershorts steht er ungeduldig vor mir: „Hast du Wurzeln geschlagen oder Angst, mit deiner Hühnerbrust gegen meinen geilen Oberkörper abzukacken?" Er grinst, drückt seine Brust raus und macht eine übertriebene Bodybuilding-Figur, die seitliche Brustpose. Doch von Muskeln keine Spur. Vielmehr sehe ich einen schmächtigen Oberkörper, den man einem Zwölfjährigen zuordnen könnte.

David wechselt, gespielt konzentriert, in die Bauch-und-Bein-Pose. Ich muss lachen. „Pure Männlichkeit!", merkt er trocken und selbstironisch an.

„Aber so was von!" Ich grinse, entledige mich auch schnell meiner Klamotten und stehe nun in meinen blau-rot-karierten Boxershorts vor ihm.

Unsere Körper gleichen sich – auch ich bin nur ein halbes Hemd, wie man umgangssprachlich so schön sagt, und auch mein Körper sieht so gar nicht nach dem eines Siebzehnjährigen aus. Der einzig gravierende Unterschied zwischen uns: Während David 1,80 Meter groß ist, bin ich nur 1,78 Meter. Also zumindest steht es so in meinem Personalausweis, was ja schließlich ein amtliches Dokument ist und daher richtig sein muss. Also beinahe richtig. Also nur geringfügig abweichend von der Realität … also letztlich kein nennenswerter Grund, jetzt hier so eine Welle zu machen …

Aber warum mache ich das eigentlich dann?

Die damalige Sachbearbeiterin hat mich gefragt, wie groß ich bin, ich hatte kurz überlegt und dann eben 1,78 Meter gesagt. Fertig. War schnell abgehakt.

Zu meiner Verwunderung wurde gar nicht nachgemessen, wovon ich immer ausgegangen bin. Hätte ich dies gewusst, hätte ich doch gleich 1,80 Meter gesagt, dann hätte die Acht nach dem Komma gestanden. Ich mag die Acht! Vor allem mag ich etwas größer sein – und wenn es nur auf dem Papier ist. Auf dem *amtlichen* Papier wohlgemerkt!

Okay, um es kurz zu machen: Eigentlich bin ich nur 1,71 Meter groß oder klein – wie immer man es nennen möchte. War schon immer der Kleinste unter den Jungs, egal, ob im Kindergarten oder in der Schule, und natürlich kenne ich all die Formulierungen und Anspielungen: „Klein, aber oho", „Zwerg", „laufender Meter", „Ist *alles* bei dir so klein?" und so weiter. Vor allem die letzte Frage hörte ich in der achten Klasse sehr oft. Das erste Mal im Schwimmunterricht.

Wie ich dieses Schulschwimmen hasste! Es hat in meinen Augen keinen Sinn gemacht, für eine Dreiviertelstunde vom

Friedrich-Wilhelm-Gymnasium ins zehn Minuten entfernte Schwimmbad zu laufen, um sich dort schnell umzuziehen und für ein paar Minuten ins eklige pissig-chlorige Wasser zu springen. Nur gut, dass ich einen netten und mir wohlgesinnten Hausarzt hatte, Doktor Klein, der mir oft eine fundierte Entschuldigung schrieb aufgrund meines scheinbar vorhandenen Tubenkatarrhs.

Ich hatte dieses Wort noch nie gehört. „Hab ich jetzt eine Tube Katarrh, sprich Schnupfen?", ging es mir damals durch den Kopf. Dass sich bei einem Tubenkatarrh die Schleimhaut der Ohrtrompete entzündet und dadurch der Druckausgleich im Mittelohr nicht mehr richtig funktioniert, erfuhr ich dann dank Google.

Letztlich war es mir wurscht, weil ich ja keine körperliche Beeinträchtigung hatte, und bis heute glaube ich, dass mich Doktor Klein einfach nur unterstützen und mir in meiner ihm bekannten Schulschwimmabneigung helfen wollte, nicht ins Hallenbad gehen zu müssen und trotzdem vom Lehrer nicht schlecht bewertet zu werden. Ein Hoch auf Doktor Klein und den Tubenkatarrh!

Jedenfalls war es damals die Zeit der beginnenden Pubertät. Neben den brüchigen Stimmen roch man bei uns Jungs nun extrem die vermehrte Schweißproduktion, die einem vor allem im Sport- oder im Schwimmbadumkleideraum in die Nase stieg. Miefig. Unangenehm. Pubertär eben.

Zusätzlich begannen natürlich auch Haare zu sprießen. Bei dem einen mehr, bei dem anderen weniger, so wie zum Beispiel bei mir. Bis heute tut sich da nicht so viel. Vielleicht ist das auch nun beeinträchtigt durch die ganzen „giftigen" Medikamente, die meine Leukämie bekämpfen sollen und letztlich im wahrsten Sinne des Wortes alles plattmachen.

Nebenbei … gerade klingen meine letzten Zeilen in meinem Kopf nach … „Jedenfalls war es damals die Zeit der beginnenden Pubertät …"

Hört sich das nicht altklug an? Oder gar bescheuert?

So, als wäre ich schon jenseits der zwanzig oder dreißig?

Dabei bin ich doch gerade erst mal „zarte siebzehn“ und damit immer noch eigentlich voll in der Pubertät – in einer der aufregendsten und turbulentesten Phasen im Leben, laut meiner Mutter. Zumindest sagte sie das öfter, bevor die Leukämie bei mir entdeckt wurde.

Mittlerweile wird hierzu geschwiegen.

Aufregend und turbulent.

Geil!

Liegend und kotzend, beschreibt meine Phase jetzt jedoch besser.

Wenig geil!

Aber dafür liege und kotze ich gemeinsam mit David – ebenfalls *zarte siebzehn* und mittlerweile mein „Zwillingsbruder“.

Aber ich drifte ab – zurück zur Sammelumkleide. Wobei, eine kurze Bemerkung noch, bevor es direkt mit der Kabine weitergeht. Jetzt, wo ich so über diese mir damals verhasste Schulschwimmzeit nachdenke, finde ich es eigentlich gar nicht mehr so schlimm und ätzend. Im Gegenteil. Wäre doch cool, jetzt dort für ein paar Minuten schwimmen zu gehen, mit den anderen in der Umkleidekabine herumzuflachsen und eben Spaß zu haben. Also überhaupt die Möglichkeit zu haben, zum Schwimmunterricht oder auch in die Schule gehen zu *dürfen* … Ohne Tubenkatarrh-Entschuldigung. Ohne Rummeckern. Ohne angepisst zu sein, weil man für Klausuren lernen oder Hausaufgaben machen muss.

Ist es nicht seltsam, dass man erst dann etwas zu schätzen beginnt, wenn man es nicht mehr hat oder haben kann?

Dass man sich erst dann nach Normalität sehnt, wenn eben nichts mehr normal ist?

Also in der Sammelumkleide des Schwimmbades haben wir Jungs uns jedenfalls gegenseitig gestichelt, über Mädels gesprochen und dann trat auch eines Tages dieses „Wer hat den Längsten“-Spiel auf den Plan. Ideengeber war Janosch. Natürlich. Der Platzhirsch in der Klasse. Das Spiel erschließt sich einem bereits durch den Namen: Boxer- oder Schwimmshorts ausziehen, Schwanz zum Aufrichten bringen und dann mit anderen, die dasselbe machen, vergleichen und mit einem handelsüblichen Lineal messen. So ein Standard-Dreißig-Zentimeter-Lineal hat ja fast jeder Schüler in seiner Schultasche. Und so hat man schnell einen Überblick, wer denn nun den längsten steifen Schwanz in der Klasse hat.

Krass geil.

Und eine wahnsinnig wichtige und interessante Frage.

Zur damaligen Zeit ja fast schon lebenswichtig. Also mehr oder weniger. Zumindest herrschte ein Gruppenzwang, dem man sich nicht entziehen konnte oder wollte. So auch ich, obwohl sich in mir einerseits alles gesträubt hat. Andererseits hat es mich aber auch irgendwie interessiert, wie die anderen untenherum bestückt und behaart sind. Also natürlich hatte ich da nicht so draufgestarrt, aber doch auch immer versucht, entsprechende Blicke zu erhaschen – und dann mit dem eigenen Körper verglichen. Weiß noch, wie ich zu Janosch aufzuschauen begann, als ich entdeckte, dass ein schmaler Pfad dunkler Haare von seinem Bauchnabel runter zu den Schamhaaren führte und auch auf seiner Brust deutlich sichtbar Haare wuchsen. Sie waren schwarz, so dass sie auf seiner hellen Haut besonders auffielen.

Letztlich hatte ich damals, ohne groß nachzudenken, dann auch meine Schwimmshorts ausgezogen, meinen Schwanz in der rechten Hand, und war somit mittendrin im „Spiel“.

Wie bescheuert das Ganze doch war. Wenn ich jetzt daran denke, muss ich lachen. Ich meine, da wichst man vor den anderen herum, nur damit man die Größe messen kann? Wobei am Anfang natürlich direkt die Diskussion entbrannte: Von wo bis wo misst man eigentlich?

Auch da war Janosch letztlich der Taktvorgeber. Natürlich. Vom Penisschaft bis zur Eichelspitze. Musste ja alles wissenschaftlich konform ablaufen.

Wie war das gleich noch mal?

Die aufregendste und turbulenteste Phase im Leben!

Und da ging es erst mal nur ums Messen. Später wurde dann auch noch über Blut- oder Fleischpenis, Penisumfang und Wichse gesprochen, sich ausgetauscht und mit Sicherheit auch geflunkert. Denn bis heute kann ich mir nicht vorstellen, dass Janosch wirklich dreimal hintereinander eine ganze Handvoll schafft … seine Hände waren im Vergleich ähnlich groß wie sein Schwanz!

Es lebe die Pubertät!

Ich hatte jedenfalls zu der damaligen Zeit immer gedacht, je größer und fetter die Person ist, umso größer, wuchtiger und umfangreicher ist auch der dazugehörige Schwanz. Doch Fehlanzeige. Genau das Gegenteil ist der Fall. Zumindest ist das mein Eindruck. Der fette Milan zum Beispiel – und ich schreibe hier bewusst fett, weil Milans Fettheit keinen organischen Grund hatte, sondern einfach der Tatsache geschuldet war, dass er ständig Süßigkeiten in sich reinstopfte –, der hatte einen winzigen Schwanz, selbst im steifen Zustand.

Obwohl ich der Kleinste in der Klasse war, konnte ich sehr gut mit dem 1,88 Meter großen Janosch mithalten. Langschwanz war öfter einer der Spitznamen, die zu ihm gesagt wurden. Mehr muss man wohl hier nicht erklären. Aber hey, ich drifte ab …

Es geht ja weder um Langschwanz-Janosch noch um meinen eigenen Penis, sondern wir waren bei meiner Körpergröße. 1,78 Meter im Perso, 1,71 Meter in Realität. Punkt.

David hat seine Posen inzwischen beendet. „Und jetzt ab ins Wasser!“

„Und wo sind unsere Schwimmshorts?“ Ich stecke mein iPhone in meine linke Socke und diese wiederum in meinen linken Vans-Schuh. Sicher ist sicher, auch wenn hier weit und breit keiner ist.

„Egal!“ David lacht und streift sich fix seine Boxershorts ab. „Wer zuerst im Wasser ist!“ Noch bevor ich reagieren kann, rennt er los Richtung Schwimmbecken. Und ich hinterher.

Auch wenn ich aufgrund meiner Körpergröße kleinere Schritte mache als David, bin ich schnell im Turbo-Modus. Da ist wieder der Ausspruch: „Klein, aber oho!“

Sozusagen von null auf hundert! Setze in Windeseile einen Fuß vor den anderen. Atme schnell. Habe bereits jetzt schon ein leichtes

Stechen in der Brust. Doch egal. Beschleunige weiter bis auf „Maximum-Anschlag". Das Problem: Auch David scheint noch eine Schippe draufzulegen und schneller zu werden – zumindest kommt es mir so vor, weil sich mein Abstand zu ihm nicht verringert.

Will ihn erreichen. Will schneller sein. Mein Blick ist starr auf ihn gerichtet. Dabei fällt mir auf, dass bei seiner nackten Rückseite vor allem die Pobacken herausstechen. Wackeln hin und her. Muss schnell auf die Seite schauen, weil der Anblick der wackelnden, scheinbar virtuos-tanzenden Pobacken extrem lustig aussieht.

Bin beinahe zu ihm aufgeschlossen. Versuche mit letzter Kraft noch einmal zu beschleunigen, doch da macht es schon platsch – David ist ins Becken gesprungen und ich in nur kurzem Abstand hinterher. Als Verlierer.

David reißt seine Arme in die Luft und jubelt: „Gewonnen!"

„Du hast betrogen, bist früher losgerannt", antworte ich und spiele absichtlich den schlechten Verlierer. David lacht. Kurzum schwimme ich zu ihm, tauche ab und noch ehe David bemerkt, was ich vorhabe, ziehe ich ihm von unten seine Füße weg, sodass auch er unter das Wasser gezogen wird. Ein kurzes gespieltes Gerangel.

Unter Wasser fühlt sich alles so leicht an. So schwerelos – schwerelos unbeschwert.

David kann sich aus meinem Griff losreißen, bleibt jedoch unter Wasser. Wir schauen uns beide an, lassen Luft aus unserem Mund gleiten, wobei sich die Luftblasen direkt ihren Weg an die Wasseroberfläche suchen. Ich merke, wie David am Kämpfen ist, er es nicht mehr aushält und schließlich auftauchen muss. Ich schaffe es noch fünf Sekunden länger, bis auch ich nicht mehr kann und dringend Sauerstoff benötige. Ich schnelle an die Wasseroberfläche und japse nach Luft. „Gewonnen!", bekomme ich schwer atmend gerade noch heraus.

David grinst: „Okay. Das heißt unentschieden."

„Damit kann ich leben", nicke ich ihm zu und lege mich mit dem Rücken auf das Wasser, während ich mit meinen Händen paddele, um nicht unterzugehen. David tut es mir gleich.

So liegen wir einige Minuten im Wasser auf dem Rücken und schauen einfach an den sonnigen Septemberhimmel. Langsam zie-

hen Schleierwolken vorüber. Eine fantastische Ruhe und Vertrautheit mit David.

Es gibt ja diese peinlich-berührenden Pausen, die unangenehm sind, weil man sich nichts zu sagen hat, und dann eben die Pausen, wo man nichts sagen muss, weil man auf einer Ebene ist. Auf einer Wellenlänge. Oder besser: Wasseroberflächenebene beziehungsweise Wasseroberflächenlänge – wie wir gerade.

Für einen Moment schließe ich die Augen. Höre das sanfte Plätschern von meinem und Davids leichtem Paddeln und spüre einen zarten Windzug auf meinem Gesicht.

„Pferd", ruft David plötzlich durch die Stille. Ich öffne die Augen und schaue erneut an den Himmel. Die Wolken, die gerade vorbeiziehen, haben wirklich die Form eines Pferdes, das sich gerade im Galopp befindet.

„Sieht aus, als würde es gleich über den Wassergraben springen", antworte ich.

„Ja gleich … schneller … Jockette Lisa gibt nochmals alles … Sie macht sich noch kleiner auf dem Rücken und treibt Lenny an", kommentiert David aufgeregt das Himmelsgeschehen.

„Ihre Haare wehen wie wild im Galopp", füge ich an, „und sie schafft es! Natürlich. Sie passiert mit ihrem Lenny gekonnt den Wassergraben und hat eine neue Bestzeit." Ich klatsche für einen kurzen Moment in die Hände und muss dann direkt wieder paddeln, um nicht unterzugehen.

Auch David reißt kurz in Freude seine Faust in die Luft: „Yeah!"

„Sie fragte mich gestern, ob ich heute mit ihr Lenny striegeln möchte." Ich schaue grinsend zu David, der nach wie vor seinen Blick zum Himmel gerichtet hat.

„Ich wüsste da etwas anderes, was sie bei mir striegeln könnte." David beginnt zu lachen. In diesem Moment gebe ich die Rückenlage auf und drehe mich in die Senkrechte, sodass ich direkt und besser zu ihm sehen kann. „Was für geile Haare sie hat", sagt er leise.

Ich betrachte ihn so für einen kurzen Moment, wie er verträumt und sichtlich zufrieden auf dem Wasser liegt. Er hat meinen Blick noch nicht bemerkt.

„Ihr da einmal mit der Hand durchfahren." Er grinst vor sich hin, was mich wiederum auch zum Grinsen veranlasst. Ich warte noch einen Moment und nutze dann meine Chance.

„Wer zuerst bei unseren Klamotten ist …" Kaum habe ich den Satz beendet, kraule ich an den Beckenrand zurück. Also, ich nenne es kraulen oder so ähnlich … wild jedenfalls. Virtuos. Auch kann ich Davids Kraulen hören, wobei ich mich nicht umdrehe. Bin schon am Beckenrand angekommen und steige mit einem deutlichen Vorsprung, wie kann es anders sein, als Erster aus dem Becken. Schnurstracks renne ich zu unseren Klamotten. Dabei spüre ich, wie meine nassen Boxershorts an meinem Körper kleben. Ein unangenehmes Gefühl. So eingeengt. So beschränkt. Hätte ich doch besser auch – wie David – vorher schnell ausziehen sollen … Und ich spüre den Rasen und kleine Steinchen auf der Wiese, was mir aber jetzt egal ist.

Ich renne!

Obwohl David auch sehr schnell ist, kann er den Rückstand nicht mehr einholen.

„Gewonnen!" Tief Luft holend stehe ich bei unseren Klamotten. Habe Seitenstechen. Doch das ist mir jetzt egal. Immerhin habe ich gewonnen.

Auch David holt tief Luft und zieht sich flink seine Retroshorts wieder an. „Zählt nicht", widerspricht er mir.

„Und wie das zählt … Hättest dich eben von Lisa nicht ablenken lassen dürfen!"

David überlegt einen kurzen Moment, „von der lasse ich mich aber lieber ablenken, anstatt gegen dich zu gewinnen." Er schneidet eine Grimasse und grinst.

„Wie war das gleich noch mal mit dem Striegeln?" Ich klopfe ihm auf seinen nassen Rücken.

Wir setzen uns auf die Wiese und lassen uns von der Herbstsonne trocknen. Die Strahlen auf dem Körper sind so angenehm, sodass es sich hier überraschend gut aushalten lässt.

„Zwei zu eins für mich", stelle ich zufrieden fest.

„Hilfst du mir, Lisa kennenzulernen? Du kannst sie mir doch vorstellen?", fragt mich David, ohne dem Punktestand zu widersprechen.

„Aber ich hab doch schon ein Striegel-Date mit ihr, da ist für eine zweite Person kein Platz. Sorry!" Ich nicke ihm zu und zucke mit den Schultern.

„Du kannst ja mit ihr ihren Gaul striegeln und mit mir soll sie dann was trinken oder ins Kino gehen", setzt David nach. „Ich muss sie küssen!"

Ich beginne zu lachen, weil sich David so entschlossen und zielstrebig anhört.

„Ist echt so!", wiederholt er. „Ich muss ihre weichen Lippen spüren, schmecken ... ihre Zunge, muss ihr durch ihr Haar fahren." Er schließt die Augen. „Verstehst du. Ich muss einfach!"

„Ich kann dir ja davon berichten. Nach dem Striegeln!"

„Blödmann", raunzt David, „will echt endlich eine Freundin und sie wäre perfekt für mich."

Ich mustere David und suche schließlich seinen Blick, den er erwidert. Für einen kurzen Moment.

„Ich will einfach endlich dieses Gefühl spüren. Kannst du das verstehen?"

Ich presse leicht die Lippen aufeinander. Keiner von uns sagt mehr etwas. Sehe durch die Herbstsonne das spiegelnde Funkeln einzelner Wassertropfen auf seinem Gesicht und auf seinem Oberkörper. Auf seinem „geilen Oberkörper", wie er es formulieren würde. Die Sonne wird sie gleich trocknen und verschwinden lassen. Dann sind sie weg. Ausgelöscht. Aufgelöst. Ohne etwas zurückzulassen. Da geht es so einfach. Dieses Verschwinden. Dieses Vergehen. Und mit Sicherheit schmerzfrei.

Ich nicke ihm zu und fahre kurz mit der Zunge über meine Lippen. „Ich werde mich bei ihr zurückhalten und dir den Vortritt lassen. Du hast mein Wort", sage ich leise und ergänze, „auch wenn es mir schwerfallen wird."

Er lächelt leicht: „Danke."

Ohne ein weiteres Wort zu wechseln, bleiben wir nebeneinander auf der Wiese sitzen.

Die Pubertät – eine der aufregendsten und turbulentesten Phasen im Leben.

*

„So, wie versprochen, das Fünf-Sterne-Menü." Tanja kommt schnellen Schrittes mit einem Tablett in den Händen, auf dem zwei dampfende Teller zu sehen sind, zu mir ans Bett gelaufen. Sie schaut zunächst zu mir, dann zu David. Ist sichtlich irritiert, weil keiner von uns auf sie reagiert. Während ich wenigstens zu ihr schaue, bleibt Davids Blick reaktionslos an die Decke gerichtet.

Tanja klappt das Brett an meinem Nachttisch heraus und stellt einen der Teller darauf. Erst jetzt sehe ich das „Fünf-Sterne-Produkt": Es ist ein Lasagne-Stück, dessen Geruch mir stechend in die Nase zieht.

Widerlich. Ekelhaft. Extrem.

Tanja serviert auch David sein Essen und sagt mit einem ironischen Grinsen: „Beim grandiosen Anblick des Essens hat es euch wohl die Sprache verschlagen." Sie selbst findet das Essen auf der Station … wie nennt sie es doch gleich immer? „Suboptimal." Scheiße trifft es meiner Meinung nach besser.

„Kannst du meines bitte warm stellen und später noch mal bringen? Möchte mich erst in Ruhe trocknen lassen", sagt David knapp und schließt die Augen. Tanja schaut mich fragend an. Ich will gerade etwas sagen, doch spüre genau in diesem Moment, wie sich mit förmlicher Lichtgeschwindigkeit mein Aufzug in Bewegung setzt – ausgelöst und angefeuert durch diesen bohrenden Lasagne-Duft. Die schnell von mir eingeleitete Notmaßnahme des Durch-den-Mund-Atmens verpufft. Ich bin machtlos, kann nur noch ausführen, was der Aufzug bestimmt. Seine Türen springen auf, meinen Oberkörper hebt es im Bett leicht an, während meine rechte Hand zielsicher und routiniert nach der Nierenschale auf dem Nachttisch greift. Ich würge und schaffe es gerade noch rechtzeitig, meinen Kopf über die Schale zu hängen … wobei ich mich eigentlich gar nicht hätte so beeilen müssen, denn „ausgestiegen" ist aus dem Aufzug sowieso mal wieder „keiner". Nur Luft. „Würgluft".

So schnell, wie sich der Aufzug geöffnet hat, jagt er erneut in die Tiefe und ist auch gleich wieder oben angekommen – wie bei dem Hasen und dem Igel, der immer dem Hasen ein „Ich bin schon da!" entgegenschmettert. Wie von selbst und ohne es kontrollieren zu können, reiße ich erneut meinen Mund auf oder vielmehr hebelt der Würgdruck ihn kurzerhand auf. Und siehe da: Zur Würgluft hat sich etwas Galle gesellt. Oh, du Galle, wie ich dich mag, weil durch das Befördern des „Gallen-Materials" wenigstens der Druck auf meinen Bauch etwas gelindert wird – auch wenn die Galle ekelhaft und vor allem bitter schmeckt.

Ich lasse etwas Spucke zu der Galle in der Nierenschale aus meinem Mund tropfen und konzentriere mich wieder auf mein Atmen. Dadurch kann ich doch öfter das Kotzgefühl lindern oder gar wegdrücken – eine wichtige Erkenntnis, die ich während meiner Chemotherapie-Zeit gewonnen habe.

Tanja ist direkt zur Stelle und nimmt mir die Nierenschale ab.

„Bitte nimm den Teller sofort wieder weg und stell das Fenster auf Kipp. Dieser Geruch, der …", ich wende mich mit dem Kopf vom Teller ab, um die Lasagne nicht mehr sehen zu müssen. Allein schon das Wort bekomme ich nicht mehr heraus, weil ich dem Aufzug keine Gelegenheit mehr geben möchte, in Fahrt zu kommen und das „Ich bin schon da!"-Spiel zu spielen. Atme bewusst auch durch den Mund, um zu vermeiden, dass ich erneut den Geruch wahrnehme.

„Klar, soll ich dir später was anderes bringen?" Tanja stellt mir die ausgespülte Nierenschale zurück, öffnet das Fenster auf Kipp und entfernt den Teller vor meiner Nase.

Jede andere Schwester hätte jetzt gesagt, dass es wichtig für mich wäre, etwas zu essen, mein Körper auch neben der Erhaltung, die ich per Infusion bekomme, feste Nahrung benötige, ich es doch wenigstens mal probieren solle und blablabla.

Tanja dagegen akzeptiert meinen Wunsch, drängt sich nicht auf. Und genau das schätze ich so an ihr.

„Brauchst du nicht. Meine Eltern bringen mir bestimmt heute Abend wieder jede Menge Zeug mit", antworte ich ihr. Und hier werde ich dann, im Gegenzug zu jetzt, genötigt, etwas zu essen. Und sei es nur „ein winzig kleines Stück", wie es meine Mutter immer nennt.

Magst du nicht eine Erdbeere, Schatz? Wenigstens eine Erdbeere. Nur eine einzige. Die hier ist auch gar nicht so groß. Schau. Ganz frisch. Oder vielleicht ein Stück Kiwi? Banane? Oder doch lieber Schokolade? Nougat magst du doch so. Haben dir die von Ritter Sport mitgebracht … oder hier ein paar ganz feine Nougatpralinen von Neuhaus. Oder doch lieber was Herzhaftes? Schatz, ich kann auch noch los und dir …

STOPP!

Weg mit den Gedanken und dem ganzen Auf-mich-Einreden meiner Mutter. Schnell an etwas anderes denken. Nur an was?

Ja, ich weiß, meine Eltern meinen es nur gut und es macht sie fertig, mich so sehen zu müssen. Aber …

Nein.

Will darüber jetzt wirklich nicht weiter nachdenken. Unwillkürlich schüttle ich den Kopf auf meinem Kissen, so als wollte ich wirklich all die Gedanken daran loswerden … Wenn es nur so einfach wäre.

Ich schaue zu David, der nach wie vor seine Augen geschlossen hat. Es scheint, als würde er inzwischen schlafen – zumindest seinem leichten Röcheln nach zu urteilen. Hört sich beruhigend an. Irgendwie. Mein Blick wandert zurück zu Tanja, die noch an meinem Bett steht und inzwischen wieder das Tablett mit beiden Tellern in der Hand hält.

Sie deutet zu David und runzelt fragend die Stirn.

„Alles okay, du hast uns nur beim Sonnen gestört", flüstere ich ihr zu, um David nicht aufzuwecken, sollte er wirklich schlafen. Tanja versteht immer noch nicht. Wie auch? „Na im Freibad!", füge ich leise an, auch wenn ich weiß, dass sie damit noch viel weniger anfangen kann. Aber es gefällt mir, ihren irritierten und fragenden Gesichtsausdruck zu sehen.

Tanja lässt für einen kurzen Moment ihren Blick auf mir ruhen – der Blick ihrer leuchtenden Augen, um es mit Davids Worten zu sagen.

Ein Blick, der eindeutig nur „Bahnhof" zu verstehen signalisiert. Doch ich lasse meinen Satz so stehen. Müsste zu viel erklären und ausholen, was ich nicht will. Weder bei ihr noch bei einer anderen Person. Wobei ich bei einer anderen Person erst gar keine Andeutungen gemacht hätte.

Genauso verhält sich auch David. Es ist unsere Welt, in der wir uns bewegen. Eine Welt, in der wir alles machen können, worauf wir Lust haben – einen Krebs oder eine Leukämie gibt es nicht. Sie können uns von nichts abhalten und in keiner Weise beeinträchtigen – genauso wenig wie unsere Eltern. Keine Rechenschaften, keine Erklärungen. Eine tolle, eine perfekte Welt.

Unsere Imaginationen!

„Ihr seid echt bekloppt!" Tanja lächelt mich an und schließt mit der linken Hand das Fenster, während sie mit der rechten Hand das Tablett balanciert. „Ach so. Ich vergaß. Na, dann will ich euch mal nicht weiter beim Sonnen stören", grinst sie und geht Richtung Tür, genauso wie sie hereingekommen ist: mit dem Tablett, das sie mit beiden Händen festhält, und den zwei Tellern mit den inzwischen nicht mehr dampfenden Lasagnen – dafür wippt ihr Pferdeschwanz im Takt ihrer Schritte hin und her. „Verbrennt euch nur nicht. Die Sonne ist ja heute extrem krass!"

Ich höre noch ihr Lachen, dann ist sie aus dem Zimmer.

Eigentlich müsste ich mal dringend auf die Toilette, spüre schon deutlich den Druck auf meine Blase. Doch ich will jetzt nicht aufstehen und bis zur Zimmertür laufen. Dort befindet sich an der linken Seite die Tür zu unserem eigenen kleinen Bad – eine Kombination aus Dusche, Toilette und Waschbecken. Die restliche Wand dominieren zwei große Einbauschränke, die für jeden von uns genügend Platz bieten.

Mein Blick schweift von den Schränken die Wand entlang, die sich gegenüber meinem Bett befindet, und bleibt an dem hässlich braungerahmten Bild hängen, das immer leicht schief hängt, auch wenn es schon oft von meiner oder von Davids Mutter geradegerückt wurde. Es rutscht stets zurück in die

Schieflage. Vermutlich wurde die Aufhängung nicht exakt in der Mitte platziert.

Doch nicht nur der kackbraune Rahmen ist abstoßend, sondern auch das Bild selbst. Es ist ein gelbes Dreieck, das an der nach oben zeigenden Spitze leicht eingedellt ist. An dieser Stelle befindet sich eine kleine blaue Kugel, die jedoch keinen Kontakt zum Dreieck hat – also quasi in der Luft schwebt. Was soll das? Was hat sich die Künstlerin oder der Künstler dabei gedacht? Oder anders gefragt: Was hat sich die Person vorher reingepfiffen? Ich kann jedenfalls nichts damit anfangen.

Und dennoch fixiere ich mal wieder die blaue Kugel. Automatisch muss ich an David denken, der mir am Anfang meiner Krankenhauszeit gesagt hatte, dass das wohl ein Symbol für unseren „finalen Schuss" sei, wenn gar nichts mehr gehen würde. Das ist Kunst – interpretier- und auslegbar in alle Richtungen. Und vor allem immer eine Frage des Geschmacks.

Ich lasse meinen Blick weiter schweifen über den von der Decke hängenden Monitor, der so angebracht ist, dass sowohl David als auch ich vom Bett aus fernsehen könnten. Selbst einen Netflix- und Amazon-Prime-Zugang haben wir. Doch selten läuft der Kasten bei uns. Da ist dann jeder eher mit seinem Handy beschäftigt.

Direkt unter dem Monitor steht ein kleiner Tisch mit weißer Plastikoberfläche und zwei Metallstühlen mit ebenfalls weißer Sitzfläche. Auch diese Kombination haben David und ich noch nie genutzt, weil wir uns aufgrund unserer körperlichen Verfassung überwiegend im Bett aufhalten. Momentan stehen auf dem Tisch wohl drei Wasserflaschen – zumindest sieht das von meiner Position so aus.

Mein Blick wandert weiter Richtung Fenster, wobei ich auch da von meinem Bett aus nicht so viel sehe. Da ist der Ausblick für David besser, dessen Bett parallel zu meinem näher beim Fenster steht. Zartgelbe Vorhänge sind links und rechts des Fensters angebracht und wurden noch nie geschlossen.

Ich atme tief durch, während ich ein Stück Himmel sehe. Es ist nur ein Stück – und doch ist es oft viel für mich. Ein Teil vom Leben. Ein Teil der Außenwelt. Getrennt durch Glas, aber immerhin besser als durch eine Mauer. Und besser, als immer dieses typisch karge, in gedecktem Weiß und Grau gehaltene Krankenhauszimmer sehen zu müssen.

Von der Septembersonne ist jedenfalls definitiv nichts mehr übrig, vielmehr sind graue dunkle Wolken zu erkennen. Mit Sicherheit wird es gleich regnen.

Früher habe ich den Regen immer gemocht. Vor allem diese reine Luft nach dem Regnen. Die hat viel sauberer „gerochen" als die Luft vor dem Regen. Wenn ich jetzt so daran denke, dann kann ich sie förmlich riechen … Kein Vergleich zu dem Lasagne-Geruch von gerade. Ich darf daran gar nicht mehr denken. Dabei hatte ich doch Lasagne eigentlich immer gern gegessen.

Früher.

Das heißt vor der Leukämie und vor der Chemotherapie.

Früher war ich nicht so geruchsempfindlich. Heute rieche ich einen bestimmten Duft und sofort setzt sich mein Aufzug in Bewegung. Das können noch die Kaffeeschwaden einer Schwester sein, die ins Zimmer kommt, oder ein Parfüm oder After Shave oder oder oder.

Oft reicht auch nur das Vorstellen eines Geruchs aus, um den Aufzug zu aktivieren. Und irgendwie riecht für mich alles so intensiv – Gerüche, die ich früher gar nicht realisiert habe. Oder hast du schon mal bewusst den Duft von Salzstangen wahrgenommen? Ich finde, dass die zum Beispiel richtig krass riechen!

Könnte mit Grenouille aus Patrick Süskinds Roman „Das Parfum" wirklich konkurrieren. Ein Buch, das ich früher in der Schule im Deutschunterricht lesen musste …

Wie sich das wieder anhört.

Früher.

Heute.

Es klingt nach einer Ewigkeit. Dabei bin ich doch erst seit sechs Monaten in Behandlung. Erst. Oder vielmehr schon.

Man verliert hier auf der Station komplett das Zeitgefühl. Letztlich ist es ja auch egal, ob es ein Wochentag oder ob es ein

Wochenende ist. Der Alltag ist sowieso immer der gleiche. Woche für Woche. Monat für Monat. Ab und zu darf man nach Hause, meistens an ein, zwei Wochenenden im Monat, wobei ich das letzte Mal hier bleiben musste wegen meiner extremen Übelkeit und des Dauerkotzens. Da hatte ich weit über zwanzigmal gekotzt – oft auch nur gewürgt, so als würde ich meine ganzen Innereien erbrechen. Der Aufzug war in Dauerfahrt. So krass. Mir tat alles weh, mein Bauch, mein Rachen. Und ich will jetzt, weiß Gott, nicht weinerlich oder jämmerlich klingen. Aber das war echt heftig. Selbst Blut kam irgendwann nicht mehr. Kann mir das nur so erklären, dass mein verfickter Aufzug einen technischen Defekt hatte. Irgendwer muss an ihm herumgespielt haben … Sabotage?

Früher.

Heute.

Wie sich doch mein Fokus innerhalb kürzester Zeit verändert hat. Und damit mein Leben. Was mir früher wichtig war, zum Beispiel, was für Klamotten ich trage, wie ich meine Haare gele, ist heute unwichtig oder vielmehr unwichtig geworden. Ich meine, versuche mal eine Glatze zu gelen, da wird man optisch wenig erreichen – außer dass die Kopfhaut voll mit der Glibbermasse ist. Wobei … es ist eigentlich falsch, wenn ich sage, es ist mir unwichtig, wie ich aussehe. Also klar, wenn ich mal wieder kotzend über der Nierenschale hänge oder eine neue Infusion gelegt bekomme, da sind diese Gedanken nicht existent. Und in welchen Klamotten ich dann hier im Bett „abhänge", ist ziemlich egal. Bequem und schnell zu wechseln müssen sie sein.

Aber wenn ich, wie jetzt, so im Bett liege und Gedanken in mir hochkommen, da ist dann schon das Verlangen nach diesem Früher, nach dieser Unbeschwertheit, danach, einfach dumm vor dem Spiegel zu stehen und sich eine Viertelstunde seinen Haaren mit dem Gel zu widmen, obwohl die Frisur dann nachher bei der Fahrt mit dem Rad zur Schule eh wieder für den Arsch ist. Aber egal. Nach diesen Belanglosigkeiten.

Wobei es auch das nicht trifft. Denn als „dumm vor dem Spiegel stehen“ empfand ich das damals nicht und natürlich waren für mich meine Haare früher auch nicht belanglos. Ganz und gar nicht! Ich wollte ja gut und cool aussehen. Vor allem so ab vierzehn … Ich sage nur: das „Wer hat den Längsten“-Spiel!

Und ich fand, dass meine Haare fast immer cool aussahen. Klingt vielleicht arrogant. Okay, ein bisschen arrogant. Ich fand sie einfach toll und sie waren mir wichtig.

Als ich dann Büschel beim ersten Chemo-Zyklus verlor, brach wirklich eine Welt für mich zusammen. Also erneut zusammen. Denn bei der Leukämie-Diagnose war diese natürlich bereits das erste Mal zusammengebrochen. Aber dann nach und nach meine Haare auf dem Kissen zu sehen oder aber beim Kämmen oder selbst beim Durchfahren mit der Hand feststellen zu müssen, meine von mir geliebten Haare zu verlieren … Ein kurzer Kälteschauer jagt mir über den Rücken. Das war so krass.

Nein, ich habe keinen Haarfetisch, um das direkt auszuschließen. Und vielleicht denkt der eine oder andere jetzt, mein Gott, was soll's, das sind doch nur Haare, die auch wieder wachsen, aber für mich war es eben mehr! Mehr und doch kein Haarfetisch.

Apropos Haarfetisch. Ich werde nie vergessen, wie bei „Domian“ – dieser Telefon-Talkradio-Sendung, deren Folgen es jetzt als Podcast gibt, den ich seit der Chemotherapie öfter nachts über mein Handy höre – ein Typ anrief, der erzählt hat, dass er eine Friseurlehre macht und im Salon immer Haare der Kunden heimlich sammelt, ohne dass seine Chefin es bemerkt. Diese Haare nimmt er dann regelmäßig nach Hause, wo er sie in einen blauen Müllsack gibt. Wenn der Müllsack gut gefüllt ist, lässt er sich in seine Badewanne Wasser ein, leert den Sack mit den ganzen Haaren in die Wanne und legt sich dann selbst nackt hinein. Dieses Gefühl, wenn die ganzen Haare durch das Wasser an seinem Körper kleben, findet er so geil, dass er sich dann dabei einen runterholt.

Was für eine abgedrehte Vorstellung. Schrubbend in einer Wanne voll mit Haaren zu liegen … Vor lauter Ekel würde ich da gar keinen hochbekommen. Aber wie heißt das rheinische Grundgesetz so schön: „Jede Jeck is anders."

Für den sind Haare wohl weitaus mehr, wenn auch auf anderer Ebene.

Ich hätte echt gerne wieder meine Haare. Hatte die Haare halblang, so wie sie Justin Bieber am Anfang seiner Karriere trug, sodass die Haare einen Tick über die Augenbrauen gingen. Und um das auch direkt klarzustellen: Mit Justin verbindet mich sonst nichts. Gar nichts. Ich halte von ihm und seiner Musik nichts und natürlich habe ich mir auch nicht die Frisur von ihm abgeschaut. Natürlich nicht.

Wie meine Haare morgens immer abstanden, wenn ich aufgewacht bin und ins Bad vor den Spiegel wankte. Damals wankend vor Schlaftrunkenheit – heute wankend aufgrund eines Kotzgefühls und einer Kreislaufschwäche vom Dauerliegen. Wobei ich mich hier auf Station meistens eh nur am Waschbecken im Bad wasche, weil mir Duschen viel zu anstrengend und mit der Infusion zu kompliziert wäre.

Heute, wenn ich dann in den Spiegel am Waschbecken schaue, was ich oft zu vermeiden versuche, schaut mich ein abgemagertes Glatzengesicht an, das mir fremd vorkommt. Nichts steht mehr ab. Das Einzige, was manchmal, aber in letzter Zeit auch nicht mehr, absteht, ist meine Morgenlatte, verdeckt in meiner Jogginghose.

Früher – heute. Da ist es wieder. Und mein Blick auf dieses „Früher" ist erst durch dieses „Heute" möglich.

Ich schaue zu David, der nach wie vor röchelt. Seine Augen sind geschlossen.

Wie gerne würde ich wieder dieses Früher haben. Was würde ich darum geben.

Ich würde mich nicht mehr über Sachen und, aus heutiger Sicht, Kleinigkeiten aufregen, wäre nicht mehr angepisst, in die Schule gehen zu müssen, und würde insgesamt die Momente vielmehr erleben und genießen.

Ja, ich weiß, es hört sich schwülstig an. Wahrscheinlich sogar kitschig. Aber ist mir gerade egal.

Ich bemerke, wie sich Davids Augen unter seinen Augendeckeln bewegen. Sie zucken so leicht. Ich muss kurz lächeln.

Ob er sich gerade noch sonnt? Oder mit Lisa in Aktion ist?

David wäre ich in diesem „Früher" wahrscheinlich nicht begegnet. Das ist das Einzige, auf das ich nicht verzichten wollen würde. Mein „Zwillingsbruder".

Wobei … man kann ja eigentlich nichts vermissen, was man nicht kennt.

Ich wende meinen Blick zu der hässlichen Decke.

Dennoch, er ist und bleibt die Bereicherung in meinem Leben und ist für mich zur wichtigsten Person geworden. Wichtiger als meine Eltern, mein Bruder, meine früheren Freunde. Mag sich jetzt vielleicht merkwürdig anhören, aber es ist einfach bei mir so. Er ist mein „Zwillingsbruder". Eine Vertrautheit, eine Nähe, die ich so zu keiner Person hatte und habe.

Meine Eltern stehen mir zwar auch nah, aber es ist eine ganz andere Ebene. Sie sind so besorgt um mich, wollen mir alles recht machen und trotzdem belasten mich ihre Besuche mehr, als dass sie mir helfen. Ganz seltsam und schwierig zu erklären. Genau dieses Erklären fällt bei David weg. Weil dieses bedingungslose Verstehen zwischen uns existiert – in gesprochener Weise genauso gut wie im Schweigen.

Mit meinem ein Jahr älteren Bruder verbindet mich dagegen gar nichts – unser Kontakt ist sehr abgekühlt. Hab sogar öfter das Gefühl, dass er sogar regelrecht eifersüchtig auf mich ist, weil ich bei meinen Eltern mehr im Mittelpunkt stehe – ein Mittelpunkt, auf den ich supergerne verzichten würde!

„Boah, ist mir warm", erklingt plötzlich Davids Stimme im Raum und reißt mich aus meinen Gedanken. Ich schaue zu ihm.

„Bin in der Sonne eingeschlafen." Er gähnt.

„Und ich dachte, du wärst mit Lisa zugange?", sage ich grinsend.

„Schön wär's gewesen." Er setzt kurz ab. „Aber dann wäre ich noch nicht zurück, da kannst du dir sicher sein." Er lächelt.

„Striegel-Session lässt grüßen.“ Ich nicke ihm zu. David muss lachen.

„Warum bist du denn nicht mehr nachgekommen?“

„Tanja hat mich aufgehalten und wollte mich nicht loslassen“, antworte ich ihm.

„Oha! Ist da was gelaufen?“, fragt er mich neugierig.

„Kein Kommentar.“ Ich grinse ihn an.

Wenn David gerade noch etwas schläfrig war, ist er nun hellwach. „Erzähl! Was habt ihr gemacht?“

Ich warte bewusst einen kurzen Moment. David hat sich mittlerweile im Bett etwas aufgerichtet, wobei er mich immer noch erwartungsvoll anschaut.

„Hemmungslos …“ Ich setze ab, mache eine Pause. „Wild …“ Wieder lege ich eine Pause ein. David, so sieht es für mich jedenfalls aus, reißt seine Augen immer weiter auf und ich habe das Gefühl, als würde er mir die Wörter am liebsten direkt aus dem Mund ziehen wollen.

Ich finde die Situation toll und es macht mir einen Riesenspaß, ihn so zu betrachten. Die Vorstellung, jetzt auch seine Gedanken und seine „Kopfbilder“ sehen zu können, wäre cool.

Überhaupt hatte ich schon öfter gedacht, wie krass es sein müsste, wenn man wirklich Gedanken des anderen sehen könnte. Krass und mit Sicherheit oft auch sehr enttäuschend. Gedanken und Vorstellungen sind so mächtig … auch das ist mir erst seit meiner Chemo so richtig bewusst geworden. Sie ziehen mich zwar oft runter, aber mindestens genauso sehr halten sie mich auch am Leben. Ohne sie hätte ich wahrscheinlich schon länger kapituliert – hätte mir den „finalen Schuss“ von unserem „geilen“ Bild gegeben.

Ich weiß noch genau, wie ich vor circa sechs Monaten meinen ersten Tag auf der Onkologie-Station hatte und ich zu David ins Zimmer gelegt wurde. Mir war das alles zu viel. Geschockt noch von der Leukämie-Diagnose, dann die ganzen glatzköpfigen Kinder und Jugendlichen auf der Station zu sehen und ich musste auch noch mit so einem Glatzkopf ein Zimmer teilen … es war schrecklich. Grauenhaft. Wie in einem Albtraum, aus dem man erwachen möchte. Doch der Albtraum war Realität. Ich sah damals in Davids Gesicht wie in einen Spiegel. Er verdeutlichte mir, wie ich bald aussehen würde. Ich wollte nur noch weg. Flucht. Raus aus der Station, weg vom Krankenhaus. Doch das Eigenartige: Ich konnte nicht. Ich war wie blockiert. Ich stand auf dem Gaspedal, die Reifen drehten durch, quietschten, qualmten und mein „Auto" bewegte sich keinen Millimeter. Die Leukämie hatte die Bremse gezogen …

Diesen Moment damals werde ich nicht vergessen. Und was ich auch nicht vergessen werde, David hat mich erst mal in Ruhe gelassen. Nicht auf mich eingeredet, nicht mir zugesprochen und wie so viele andere aus meinem Umfeld auf die Schulter geklopft nach dem Motto: Du bist ein Starker, du schaffst das.

Einige Tage habe ich kein Wort mit ihm gesprochen. Ich konnte und wollte nicht. Dabei habe ich nicht ihn als Person abgelehnt, sondern die Situation, die Krankheit, die Leukämie. Ich fühlte mich wie ein Fremdkörper. Und vor allem: Ich fühlte mich gesund. Hatte keine Schmerzen. Wenn die Blutabnahme damals bei Doktor Klein nicht zufällig gemacht worden wäre, dann wäre die deutlich erhöhte Zahl von Leukozyten, das sind die weißen Blutkörperchen, gar nicht aufgefallen und nichts wäre in Gang gekommen. Eigentlich kann ich froh sein, dass alles so gelaufen ist und die Leukämie rechtzeitig bei mir diagnostiziert wurde. Und trotzdem hatte ich mir an diesen ersten Tagen gewünscht, dass sie nicht entdeckt worden wäre. Dann hätte ich einfach mein Leben weiterleben können und wäre dann eben irgendwann gestorben.

Naiv aus meiner heutigen Sicht, weil das alles natürlich auch nicht komplikationsfrei und so einfach gelaufen wäre. So ganz ohne Schmerzen. So ganz ohne Probleme.

Jedenfalls hatte ich dann nach der ersten Krankenhauswoche nachts einen Zusammenbruch. Ich hatte immer versucht, leise zu weinen, und mich nach außen abgeschottet. Also gegenüber allen – auch meinen Eltern.

Aber in dieser Nacht konnte ich nichts mehr zurückhalten – weder die Tränen noch ein Schluchzen. David hat es gehört und hat sich, ohne auch nur ein Wort zu sagen, aufgerappelt und kam mit seinem Infusionsständer zu mir ans Bett. Dabei ging es ihm selbst gar nicht gut. Er war sehr wackelig auf den Beinen, mit gekrümmter Haltung, und hat sich am Ständer abgestützt. Er reichte mir ein Tempo, das ich nicht annahm.

Ich war überrascht, dass er zu mir kam, nichts sagte. Wollte ihn zunächst nur weghaben, habe mich auf die andere Seite gedreht. Nach wie vor liefen mir Tränen die Wangen runter. Ich konnte sie nicht stoppen. Nichts half. Ich spürte dann Davids Hand auf meinem Rücken. Auch wenn ich sie im ersten Moment wegschlagen wollte, tat es mir doch gut.

Ich blieb einfach liegen, mit dem Rücken zu ihm. Seine Hand zwischen meinen Schulterblättern. Auch wenn sich das jetzt megakitschig anhört und der eine oder andere schon die Brokeback-Mountain-Cowboys, dieses Mal in einer Krankenhausszene, vor dem geistigen Auge sieht, aber ich spürte wirklich die Wärme seiner Hand durch mein T-Shirt. Und das, um direkt allen Brokeback-Mountain-Cowboys-Vorstellungen den Wind aus den Segeln zu nehmen, völlig unzweideutig, völlig erotikfrei. Es war einfach wie ein Strom. Strom, der mich auf eine Art beruhigte, sodass ich schließlich zu weinen aufhörte.

Ja, ich weiß, bei dem Satz verdreht der eine oder andere mit Sicherheit wieder die Augen und denkt, was für ein Schmalz – zumindest würde es mir so gehen. Aber es war so. Es war eine Wärme, eine bereits zu diesem Zeitpunkt existierende Verbundenheit.

David schleppte sich zurück in sein Bett. Nach wie vor hatten wir immer noch kein einziges Wort gesprochen. Und trotzdem war – aus heutiger Sicht – viel gesagt.

David wusste natürlich, dass ich nicht einschlafen konnte und meine Traurigkeit, meine Wut, mein Frust, meine Niedergeschlagenheit, dieses Gemisch in mir war. Später meinte er zu mir, dass es ihm am Anfang genauso ergangen sei.

Jedenfalls werde ich nie vergessen, wie er dann plötzlich leise sagte: „Hast du Lust, jetzt mit nach Malibu zu fliegen?“

Ich dachte nur, tickt der nicht richtig, habe überhaupt nichts verstanden, aber auch nicht nachgefragt. Er schwärmte davon, dass der Strand und die Wellen dort so besonders seien und auch die Rettungsschwimmerinnen. Ich könne es mir ja noch überlegen, denn er würde sich erst in einer halben Stunde auf den Weg machen.

Ich begriff natürlich immer noch nichts. Aber mit dieser Ruhe und mit dieser Selbstverständlichkeit in seiner Stimme … das klang einerseits völlig irre, andererseits aber auch so real.

In dieser Nacht bin ich jedenfalls das erste Mal mit seinen Imaginationen in Berührung gekommen, auch wenn mir das dann erst in der Folgezeit so richtig bewusst wurde und ich sie dann auch erst nach und nach annehmen, daran teilhaben und schließlich auch aktiv bestimmen konnte.

„Boah, habt ihr nun was gehabt oder nicht?" David ist sichtlich von meiner Langatmigkeit und meinem Stocken genervt.

„Die Lasagne stand dazwischen", antworte ich knapp und versuche direkt, die Lasagne wieder aus meinem Kopf zu streichen, um den Geruch nicht aufleben zu lassen.

„Langweilig. Und ich dachte schon …" David schüttelt lächelnd den Kopf.

„Musste aufgrund des Fünf-Sterne-Essens kotzen, was auf Frauen, glaub ich, ziemlich unsexy wirkt, oder?"

Jetzt lacht David: „Na, wer weiß! Es gibt ja Anpissen, Ankacken und warum nicht dann auch Ankotzen?"

„Du bist eklig!" Ich rümpfe die Nase und grinse.

„So schön Galle auf der nackten Haut kann einen doch so richtig in Fahrt bringen", setzt David weiter nach, „so schön schleimig und warm …"

„Hör auf! Das ist ja widerlich!"

„Spießer!", sagt er grinsend zu mir. „Wenn die Lasagne kacke war, dann verzichte ich darauf und frage Tanja später nach einer Alternative."

„Vielleicht willst du auch etwas von dem, was meine Eltern nachher mitbringen." Ich runzele die Stirn.

„Tolle Idee", sagt er begeistert, aber mit einem ironischen Unterton. „Wetten, dass dir deine Mutter heute zu sämtlichen anderen Früchten auch Brombeeren mitbringt?"

„Sie hat mir zwar schon viel Obst mitgebracht, aber noch nie Brombeeren. Wieso sollte sie das dann ausgerechnet heute machen?", gebe ich irritiert zurück.

„Dein Einsatz?" David lächelt verschmitzt.

„Wie kommst du jetzt nur auf fucking Brombeeren?" Ich pruste kurz laut aus und schüttle den Kopf.

„Dein Einsatz, mein Freund!" David bleibt hartnäckig.

Okay, wenn er die Wette unbedingt haben will, dann kann er sie bekommen! „Nenn mir deinen zuerst!"

„Ich schreie das aus dem Fenster, was du willst", meint David flott.

„Spießer!", sage ich nun zu ihm im exakt gleichen Tonfall, wie er es gerade zu mir gesagt hat. „Wie bescheuert ist das denn, durch das gekippte Fenster zu rufen? Wenn, dann muss es schon auch ganz zu öffnen sein."

„Hast du eine bessere Idee?"

Noch bevor ich ihm antworten kann, legt er nach: „Ich hab's! Derjenige, der verliert, der muss Tanja küssen!" David ist von seinen eigenen Worten begeistert.

„Und das soll eine Strafe sein? Da verlierst du doch liebend gerne." Ich lache.

„Ich meine *richtig* küssen!"

„Was ist denn ein richtiges und ein falsches Küssen?", hake ich nach.

„Mit Zunge ist richtig, Bussi Bussi auf die Wange falsch." David lacht.

„Mit Zunge?" Ich schüttle den Kopf.

„Na, alles andere ist doch Kinderkacke!", gibt sich David locker.

„Und wie soll das gehen?"

„Na, dein Mund pirscht sich an ihren Mund heran, du öffnest deinen Mund, aus dem du deine feuchte Zunge schnellen lässt, und zwar genau platziert zwischen ihre Lippen, um so in ihre Mundhöhle einzudringen. Ist doch leicht verständlich, oder?" David zwinkert mir zu.

„Du hast eindeutig zu viel Pornos geschaut! Das ist ja schon fast eine Vergewaltigung." Erneut schüttle ich grinsend den Kopf.

„Ach was! Das ist eine Überwindung und kann peinlich werden ... also bei dir natürlich nur." David lacht erneut, befeuchtet dann seine Lippen mit der Zunge. „Machst du mit oder ziehst du deinen Schwanz ein?"

Sein stechender Blick ruht auf mir, verbunden mit einem Lächeln.

„Deal!", sage ich wie von selbst und bin – kaum habe ich die Wette angenommen – selbst überrascht von mir. Ich meine, das ist echt eine krasse Aktion. Vor allem, wenn ich derjenige bin, der sie durchführen muss.

„Aber wehe, du schreibst deiner Mutter eine Nachricht, dass sie ..."

Ich unterbreche David: „Bist du verrückt? Natürlich ohne Bescheißen!"

„Und wenn sie heute gar keine Früchte dabei hat?"

Ich runzele wieder die Stirn, verdrehe leicht die Augen und schaue ihn an.

Ohne dass ich etwas sagen muss, gibt er sich selbst die Antwort: „Okay, stimmt. Sehr unwahrscheinlich."

Wir grinsen.

„Nicht erlaubt ist außerdem, dass man Tanja aufklärt und ihr von der Wette und dem Wetteinsatz erzählt und sie erst dann *richtig* küsst", stellt David klar.

Shit. Auf diese Idee bin ich noch gar nicht gekommen. Aber sie ist gut. War gut. Die Vorstellung, ihr einfach meine Zunge in den Mund zu stecken, ist echt unangenehm und saupeinlich. Ich meine, das muss alles ultraschnell gehen, sonst weicht sie ja zurück. Ich müsste sie letztlich überrumpeln, sonst klappt das nicht. Doch wie überrumpele ich jemanden, dessen Mundraum mein Ziel ist?

Oh, Mann, will mir das gar nicht ausmalen. Also ich bin ganz bestimmt kein Schisser. Und auch kein Angsthase. Drücke mich in der Regel vor nichts. Also, ich meine, was ist schon dabei, ein attraktives Mädchen zu küssen? Auf die Wange wäre ja okay. Aber mit Zunge. Mit Schlabbern? Das ist so nicht im Jonas-Standardpaket enthalten. Zumal die Gegenseitigkeit fehlt. Wie peinlich. Und vor allem, was denkt sie dann? Notgeile Sau? Okay … falsche Frage. Ich darf mir gar nicht ausmalen, was sie denken könnte. Da kann man ja nur verlieren. Zumal … also es ist mir irgendwie peinlich. Mag es kaum aussprechen. Aber ich habe doch noch nie ein Mädchen geküsst. Weder feucht noch trocken. Niente. Nada. Das Einzige, was ich vorweisen kann, sind meine Kussübungen.

Aus heutiger Sicht einfach nur peinlich. Ich habe damals bei mir zu Hause angefangen – gerade, wo die ganzen Spiele, „Wer hat den Längsten?", Wichsen und so weiter, verstärkt in der Klasse aufkamen und Janosch immer weitere Details ausbreitete –, küssen zu üben. Und zwar mit mir selbst. Genau, richtig gehört. Man kann sich nicht nur selbst einen runterholen, sondern sich auch selbst küssen.

Mein rechter Unterarm stellte dabei das Gegenstück dar. Jetzt hat ein Unterarm keine Lippen und auch keine Zunge, meiner jedenfalls nicht, aber darum ging es auch nicht. Vielmehr war für mich entscheidend, so ein Gefühl für das Küssen zu bekommen. Also, wie stark muss ich meine Lippen an das Gegenstück pressen, wie und wann öffne ich meinen Mund und bringe meine Zunge ins Spiel und wie hantiere ich überhaupt mit meinen Lippen, also eher starr oder flexibel und wild, virtuos. Für all das musste mein Unterarm herhalten, den ich natürlich auch bewegte, um dem „Gegenstück" ein realistisches Leben einzuhauchen.

Selbst einen Knutschfleck habe ich damals an meinem Unterarm ausprobiert.

Ob es mir was gebracht hat?

Leider konnte ich es bis jetzt in der Realität nicht testen und aufgrund der Chemo wird das wohl auch noch eine Weile so bleiben.

Und ich brenne definitiv nicht darauf, den Test jetzt bei Tanja durchzuführen. Will da keinen Zuschauer haben und David würde natürlich sehr genau zuschauen!

Oh, Mann. Auf was habe ich mich da bloß eingelassen?

Ich revidiere mal kurz meine Aussage – das machen ja Politiker auch sehr oft.

Ja, bin doch ein Schisser und Angsthase!

„Hast du verstanden?", holt mich David aus meinen schon leicht panischen Gedanken zurück.

„Klar, sonst wär's ja ein Witz", stimme ich ihm schließlich wie von selbst mit geschwellter Brust zu – zumindest nach meinem Tonfall zu urteilen –, auch wenn ich flach im Bett liege. Realistisch gesehen wäre die Bezeichnung „geschwelltes Brüstchen" angebrachter. Aber Brüstchen klingt so feminin und ich bin ja schließlich ein Mann.

Jawohl!

Darf mir nichts anmerken lassen. Diesen Triumph gönne ich ihm nämlich nicht. Nur gut, dass die Würfel noch nicht gefallen sind. Müsste die Wette aber eigentlich gewinnen – denn ich habe bis jetzt zu selten Brombeeren gegessen, als dass meine Mutter denken könnte, ich würde die lieben. Und bis jetzt hatte sie eben auch nie welche gekauft. Warum dann ausgerechnet heute? Das riecht nach Sieg für mich …

Jawohl!

David blickt zufrieden an die Decke. Wobei ich mir sicher bin, dass dies ein Stück weit gespielt ist. Innerlich geht ihm bestimmt auch der Arsch auf Grundeis, wenn er wirklich derjenige ist, der die Aktion durchführen und dessen Zunge mit der von Tanja Bekanntschaft machen muss.

Ich schaue wieder Richtung Fenster. Will jetzt nicht mehr an die Aktion denken müssen. Ich werde da schon gewinnen.

Muss einfach!

Inzwischen sind viele dicke Regentropfen an der Scheibe zu sehen, die langsam daran herunterkullern. Jetzt durch den Regen laufen und die Luft einatmen, das wär's.

Ich sehe aus dem Augenwinkel, wie David sein iPhone vom Nachttisch holt. Ich bin mir sicher, dass er jetzt eine Runde „Quizduell“ spielt. Das ist nämlich seit letzter Woche seine Lieblings-App. Handys sollen eigentlich auf der Station ausgeschaltet sein, aber daran halten wir uns nicht. Ich glaube, keiner hier.

Ich stelle mir vor, wie der Duft nach dem Regen sein muss. Atme bewusst tief ein und aus.

Wenn mir jemand vor einem Dreivierteljahr gesagt hätte, ich würde mich irgendwann nach dem „reinen“ Geruch nach einem Regenschauer sehnen, den hätte ich für bekloppt erklärt. Und jetzt hänge ich hier im Bett und versuche, diesen Duft tatsächlich wahrzunehmen. Durch das geschlossene Fenster!

Ich halte kurz die Luft an, um ihn in meiner Nase zu „fangen“.

Ein toller „reiner“ Duft.

Da David nach wie vor mit seinem Handy zugange ist, hole auch ich meines aus der Nachttischschublade heraus. Auf dem Display werden fünf Nachrichten meiner Mutter angezeigt. Ein für sie eigentlich niedriger Tagesschnitt. Der liegt so bei elf, bis sie dann, meistens zusammen mit meinem Vater, gegen Abend zu mir ins Krankenhaus kommt. Wenn sie nicht arbeiten müsste, wäre sie, glaube ich, den ganzen Tag bei mir. Nur gut, dass meine Eltern auf das Geld angewiesen sind, weil sie das Haus noch abbezahlen müssen.

Nein, das soll jetzt nicht abwertend klingen und ich liebe meine Eltern und weiß es auch zu schätzen, dass sie sich so um mich kümmern. Nur ist es so, dass mich ihre intensivere Zuneigung förmlich erdrückt und mich auch oft lähmt. Der Fokus auf meine Person hat sich komplett verändert. Sie sind immer so vorsichtig, so auf mich bedacht und behandeln mich mit Samthandschuhen. Ganz anders als früher. Da ist es wieder, dieses „Früher“.

Ich hatte ihnen zwar schon öfter gesagt, dass sie sich mir gegenüber ganz normal verhalten sollen, ohne mich mit Lebensmitteln jeglicher Art oder, in meinen Augen, „süßlichen“ Formulierungen einzudecken, was sie aber nie verstanden haben oder verstehen wollten. Daher sage ich in diese Richtung gar nichts mehr, sondern schotte mich innerlich mehr ab. Ist nicht gut, aber ich sehe zumindest momentan keine bessere Alternative. Ich meine, früher hätte ich doch auch nicht, wenn wir jetzt beim Essen bleiben, alles organisiert bekommen: im Herbst die schönsten Erdbeeren oder Stachelbeeren oder sonst was Ausgefallenes. Auch wenn die Erntezeit der Früchte vorbei ist, treibt sie die in Feinkostläden oder wo auch immer auf.

Warum jetzt?

Und warum dieses Zudecken mit Essen und Geschenken?

Zumal ich ja von dem ganzen Zeug praktisch nichts esse! Und materiell gesehen, habe ich hier doch alles. Mein Handy reicht mir total.

Die Leukämie jedenfalls beeindruckt das alles nicht. Ich sehne mich einfach nach einem Stück Normalität, wenn es die in so einer Situation überhaupt geben kann. Aber zumindest der Umgang mit mir könnte doch wie „früher" sein.

Verlange ich zu viel?

Bin ich zu hart zu meinen Eltern?

Ich nehme mir oft vor, ihnen meine Dankbarkeit und auch meine Liebe zu zeigen und mich ihnen gegenüber nett zu verhalten. Doch bereits nach ein paar Minuten gelingt mir das nicht mehr, wenn ich dieses besorgte Verhalten, diesen nicht zu beschreibenden verängstigt-sorgenvollen, mitfühlenden Blick sehe, dieses süßliche Getue und das mich in Watte packende Verhalten … da rauscht dann in meinem Inneren ein Rollladen runter, ich distanziere mich innerlich, sage kaum etwas oder gebe kaum Antworten, bin ablehnend, genervt und oft auch gereizt oder gar aggressiv und verletzend.

Kurzum: Eigentlich behandele ich meine Eltern sehr oft wie den letzten Dreck. Das zieht sie mit Sicherheit noch mehr runter und belastet sie zusätzlich.

Schwierige Situation.

Ich öffne die erste Nachricht meiner Mutter. Mal wieder stellt sie mir darin die Frage, ob ich mir heute etwas Spezielles zu essen wünsche. Und dann schreibt sie auch noch, dass sie mich gedanklich fest umarmt. Bei der nächsten Nachricht kommt zu der Umarmung noch ein Kuss-Emoji hinzu und dass sie sich freut, wenn sie aus der Bank – meine Mutter ist Bankkauffrau, mein Vater Diplomingenieur – gehen und dann zu mir ins Krankenhaus fahren kann. Sie wird heute alleine zu mir kommen, weil mein Vater eine Besprechung hat. Die Info beendet sie mit zwei Winke-Emojis.

Kuss- und Winke-Emojis?

Meine Mutter ist vierzig! Aber unabhängig vom Alter, passen diese in meinen Augen verfickten Emojis gar nicht zu ihr. Zumal sie damit erst seit meiner Chemo-Zeit angefangen hat. Und sie verwendet auch gar nicht nur die Zeichen für die Emojis, sondern sie setzt diese wirklich völlig unkontrolliert. Es wirkt komisch und ist mir peinlich. Aber das kann ich ihr nicht sagen.

In der nächsten Nachricht schickt sie mir einfach „nur" schnell einen lachenden Smiley mit dem Satz, dass sie gerade an mich denkt. Die weiteren Nachrichten öffne ich schnell, ohne sie anzuschauen. Irgendwie habe ich jetzt schon wieder keinen Bock auf den Besuch von ihr. „Früher" habe ich dann noch einen Kuss-Smiley zurückgeschickt, weil ich das Gefühl hatte, dass sie es ein Stück weit erwartet oder sich eben dann auch freut. Mittlerweile mache ich das nicht mehr. Ich will es nicht, weil ich es nicht ehrlich meine.

Der Rollladen ist unten. Und das jetzt schon, noch bevor sie da ist.

Ich drehe kurz meinen Kopf zur Seite und schaue zu David. Unverändert spielt er mit seinem Handy. Erneut wende ich mich meinem Display zu. Noch ist es erleuchtet und ich kann im Nachrichten-Eingang den Namen „Mum" lesen.

Ich überlege. Und da ist dann wieder diese Tanja-Schlabber-Aktion.

Soll ich ihr doch schreiben, dass sie heute bloß keine Brombeeren …?

Wieder schaue ich kurz zu David und dann zurück auf mein Display.

Hmmm.

*

Ich öffne die Augen und gucke in das Gesicht meiner Mutter, das über mich gebeugt ist und mir jetzt gerade riesig vorkommt. Sie lächelt mich an und streichelt mir über die Wange. Ich zucke zusammen. Richte ruckartig meinen Oberkörper im Bett auf – wie wenn man einem Schlafenden einen kalten Wassereimer ins Gesicht gekippt hätte.

Shit!

War eingepennt.

Gerade noch geschlafen, jetzt jedenfalls hellwach.

Meine Mutter erschrickt vor meiner Reaktion, tritt einen Schritt vom Bett zurück und geht direkt in eine unterwürfige Entschuldigungshaltung, weil sie mit Sicherheit denkt, dass mir ihr Streicheln wieder auf den Sack gegangen ist – was auch der Fall, aber jetzt völlig zweitrangig ist. Denn viel entscheidender ist ... Ohne etwas zu sagen, schaue ich auf ihre Tasche, die sie bereits auszupacken angefangen hat, bevor ich wach wurde. Und was sehe ich da?

Nein!

Das kann doch nicht sein. Da steht auf meinem Nachttisch neben der Plastiktüte mit Äpfeln tatsächlich eine Schale mit Brombeeren!

Ich verdrehe die Augen. Ist das ein Traum? Das gibt's doch nicht!

Durch das schnelle Aufsetzen bekomme ich Kreislaufprobleme. Alles dreht sich. Mir wird schlecht. Ich lege mich zurück auf die Matratze, versuche gleichmäßig und ruhig zu atmen, um dem Kotzgefühl entgegenzuwirken – doch zwecklos. Das Würgen setzt ein.

Sofort hört meine Mutter damit auf, die Tasche weiter auszupacken, stellt sie auf den Stuhl neben meinem Bett und reicht mir eine Nierenschale, verbunden mit einem leisen „Hallo, Schatz“. Ich nicke ihr nur zu.

Der Aufzug fährt bereits hoch und runter. Der Fahrgast: Luft, nichts als Luft. Und ich würge und würge. Ohne Ergebnis. Keine Galle. Kein Blut. Nur etwas Speichel tropft in die Schale. Speichel, der sich aufgrund der Anstrengung in meinem Mundraum gebildet hat.

Es ist das altbekannte Spiel und doch wird es mir nie vertraut sein.

Ich drehe meinen Kopf zu David, der mich beobachtet haben muss und mir direkt in die Augen schaut. Aus einem breiten Grinsen wird ein übertriebener Kussmund, aus dem David seine Zunge kurz raus- und reinschnappen lässt. Dann nickt er mir wieder zu. Sein Grinsen ist nun noch breiter – zumindest kommt es mir so vor.

Bevor ich reagieren kann, überkommt mich eine neue Würgeattacke. Ich betrachte noch einen kurzen Moment kopfschüttelnd sein Grinsen, während ich bereits meinen Mund weit über der Schale geöffnet halte, bereit, endlich „Material" kotzen zu können. David pfeift, sichtlich vergnügt, ganz leise vor sich hin.

Mittlerweile hat mich eine richtige Würge-Abfolge im Griff. Ich atme schwer. Senke erschöpft meinen Blick in die Nierenschale. Plötzlich spüre ich ein kleines feuchtes Handtuch, mit dem mir meine Mutter, die inzwischen auch ihren Mantel ausgezogen hat, über die vom Würgen schweißige Stirn fährt.

Ich greife mit meiner infusionsfreien Hand nach dem Handtuch und halte es fest. Meine Mutter hat sofort verstanden und lässt los. Just in diesem Moment bahnt sich ein Glücksempfinden in mir an. Es scheint, als hätte sich „Herr Galle" gerade dazu bequemt, sich zu „Frau Luft" in den Aufzug zu gesellen und die nächste Runde mitzufahren. Ich hoffe, „Herr Galle" bleibt nun wirklich komplett drin und macht sich auch richtig breit. Ganz gleich, ob dann die „Ische Luft" „zerdrückt" wird. Denn wie lautet doch gleich eine alte Chemo-Weisheit?

Je ausgefüllter der Aufzug, desto geschmeidiger das Kotzen!

Aus dem Augenwinkel bemerke ich, dass meine Mutter nun von mir ablässt und sich wieder ihrer vollgepackten Tasche widmet. Kurz darauf zieht sie ein Bund Bananen heraus, die bereits braune Punkte aufweisen. Bestimmt zehn Bananen. Dabei müsste sie doch wissen, dass ich nicht einmal eine Banane runterkriege.

„David, willst du auch eine?“ Meine Mutter hält die Bananen in die Luft zu David.

„Gerade nicht. Aber vielen Dank, Frau Göllner“, antwortet David freundlich und pfeift direkt leise weiter.

„Du bist aber heute richtig gut aufgelegt.“ Meine Mutter lächelt. Das wäre ich an seiner Stelle auch.

Die Vorstellung, die süßlich-klebrige Bananenmasse in meinem Mund zu haben, jagt mir einen Schauer über den Rücken. Auch wenn ich versuche, gegen diese Vorstellung anzukämpfen, ist es bereits zu spät: Schmecke schon förmlich die Bananenpampe auf meiner Zunge. Hinzu kommt ein penetranter Bananengeruch, der nicht mehr aus meiner Nase weichen will. Diese Kombination befeuert meinen Aufzug. In Lichtgeschwindigkeit rast er die Speiseröhre hoch. Da hat er auch bereits die Türen geöffnet. Mit Hochdruck drängt sich „Herr Galle“ heraus. Ich kotze in die Nierenschale. Ein befreiendes Gefühl. Atme tief durch. Sofort reicht mir meine Mutter ein Wasserglas, damit ich den bitteren Gallengeschmack ausspülen kann.

Ich nehme einen Schluck, schwenke das Wasser in meinem Mundraum umher und spucke es in die Nierenschale zum gekotzten Gallenschleim. Kommentarlos nimmt mir meine Mutter die Nierenschale ab und reinigt sie am Waschbecken in unserem Bad. Es ist wie bei einem eingespielten Team. Diese Prozedur ist uns bereits mehr als vertraut.

Ich lege meinen Kopf zurück auf das Kissen und wende mich erneut David zu, der inzwischen mit dem Pfeifen aufgehört hat. Er liegt einfach nur grinsend im Bett und starrt an die Decke. Wahrscheinlich dränge ich in seiner Vorstellung gerade Tanja zum Kuss.

Eigentlich ein schöner Anblick – wenn da nur nicht diese verlorene Wette wäre.

Er hat noch nicht bemerkt, dass ich zu ihm rüberschaue.

O Gott.

Scheiße.

Warum musste meine Mutter ausgerechnet heute diese verfickten Brombeeren mitbringen? Das hat sie bis jetzt noch nie gemacht.

Noch nie!

Und das heißt, ich muss meine Zunge wirklich in Tanjas Mund rammen.

Was für eine Vorstellung … Und wie peinlich das Ganze werden wird.

Was, wenn ich gar nicht an ihren Mund rankomme? Wenn sich unsere Lippen gar nicht berühren und ich gezwungen bin, meine Zunge schon vor Berührung ihrer Lippen rausschnellen zu lassen? Da habe ich doch bereits dreimal von ihr eine Ohrfeige bekommen. Mal ganz abgesehen davon, dass ich dastehe wie der letzte Depp. Der letzte notgeile Depp!

Fuck.

In was für eine Situation habe ich mich nur gebracht?

David kratzt sich seine Glatze. Sein Blick immer noch grinsend an die Decke gerichtet. Auch wenn mir gerade der Arsch auf Grundeis geht, muss ich lächeln, weil er so zufrieden aussieht. Jetzt schaut er zu mir und schneidet direkt wieder eine Grimasse, wobei er erneut seine Zunge kurz rein- und rausschnellen lässt. Ich schüttle den Kopf.

„Was ist denn mit dir heute, David?" Meine Mutter ist mit der gesäuberten Nierenschale zurück an mein Bett gekommen und hat Davids Grimassen wohl bemerkt.

„Ach, heut ist einfach ein toller Tag", antwortet ihr David lächelnd.

„Schön. Kommen denn heute noch deine Eltern?" Sie stellt die Nierenschale auf meinen Nachttisch.

„Wahrscheinlich schon." Er nickt ihr zu.

„Wollt ihr etwas Obst?"

Noch bevor David oder ich ihr antworten können, fährt sie fort: „Ich habe Äpfel, Bananen, Birnen, Nektarinen, Kiwis, Brombeeren und Mangos mit." Erwartungsvoll schaut sie uns beide an.

„Dann möchte ich Erdbeeren", sage ich trocken.

„Die gab es leider nicht. Aber ich kann kurz in die Stadt zum Feinkostladen, der verkauft eigentlich Erdbeeren durchgängig im Jahr.“ Sie lächelt mich an. „Würdest du auch welche essen, David?“

„Nein, vielen Dank.“ David kratzt sich erneut an der Stirn.

„Willst du denn sonst noch etwas, mein Schatz?“

Ich schaue meine Mutter für einen Moment an. Wieder lächelt sie. Sie versucht, mir alles recht zu machen und mir jeden Wunsch – sei er auch noch so absurd – zu erfüllen. Das widert mich an. Andererseits tut sie mir aber dann auch wieder leid, wenn ich sehe und merke, wie sie in Sorge um mich versinkt. Sie hat ihr eigenes Leben komplett meiner Gesundung untergeordnet. Und obwohl sie praktisch jeden Tag bei mir ist, besteht keine richtige Kommunikation zwischen uns – weil ich es nicht will. Nicht kann.

Ach, scheiße … ich weiß auch nicht.

„Kirschen. Weinrote Kirschen“, antworte ich erneut ernst und wende meinen Blick von ihr ab.

„Okay, dann beeile ich mich. Bis gleich.“ Sie greift nach ihrem Mantel, lächelt mir noch mal zu und geht aus dem Zimmer.

*

„Endlich Ruhe!“ Ich atme tief durch.

„Heut war's besonders ätzend!“ Ich puste die eingeatmete Luft laut aus.

„Dafür hat sie dir Erdbeeren und Kirschen besorgt.“ David macht eine kurze Pause und spricht dann übertrieben deutlich weiter: „Weinrote Kirschen, wie sie sich der feine Herr gewünscht hat!“ Er lacht. „Und nicht zu vergessen: deine leckeren Brombeeren!“

„Hör auf! Ich ertrage das echt nicht mehr.“ Wieder puste ich laut aus. „Hab's ihr schon so oft gesagt, dass sie mich nicht mit all dem Zeug zuschütten soll. Und dann heute auch noch ausgerechnet mit diesen Brombeeren!“

„Ich weiß – hab's ja oft genug mitgehört." David nickt mir zu. „Aber schau dir meine Mutter an. Die ist ähnlich …" Er setzt ab, zögert, überlegt einen Moment, während sich unsere Blicke treffen. Noch bevor ich etwas sagen kann, fährt er fort: „Okay, du hast recht! So krass wie deine ist meine nicht." Er grinst.

„Dafür hat dir deine Mum heut' einen kleinen Stoffteddy mitgebracht." Ich lache: „Einen Stoffteddy für den ach so kleinen David. Damit er was zum Spielen, zum Kuscheln hat und sich nachts an etwas drücken kann …"

„Arsch!", unterbricht mich David und greift mit seiner rechten Hand in den Sand. Kurz darauf landet eine volle Ladung auf meinem grazilen, sich in der Malibu-Sonne bräunenden Oberkörper.

„Hey!" Ich springe sofort auf, schüttle den Sand von meinem Body und greife selbst mit beiden Händen in den Sand. Noch bevor sich David vom Sonnenbaden aufrichten kann, weil er meinen Gegenangriff natürlich kommen sieht, bewerfe ich ihn mit zwei vollen Sandladungen. Und direkt zwei weitere hinterher. Alle vier Würfe finden das Ziel: Davids Körper. Wobei der letzte Wurf förmlich ins „Bullseye" trifft: seinen Mund. Seine Abwehr sinnlos. Doch meinen Angriff lässt er nicht auf sich sitzen.

Eine wilde, heftige Sandschlacht zwischen uns beginnt.

Was für ein Bild: Zwei sich wie gestört mit Sand bewerfende Jugendliche – ähm, Männer! – am Strand von Malibu, die, anstatt der geilen Rettungsschwimmerin auf ihrem Aussichtsturm auf die Titten zu starren und sie zu beobachten, sich mit Kindereien beschäftigen.

Ich kann nicht mehr, lasse mich schließlich in den von der Sonne erwärmten Sand fallen und schütze mit den Händen mein Gesicht.

Das nutzt David aus. In Windeseile erhalte ich eine Sandladung nach der nächsten – bis ich nur noch laut nach Luft japsend aufschreie: „Stopp! Hör auf! Stopp!"

Meine Schreie stoßen – zu meiner Verwunderung – bei David auf Gehör.

Ich stehe auf und beginne, den Sand von mir abzuklopfen, spucke ihn auch aus meinem Mund. Spüre überall die kleinen Körner, selbst in meiner Ritze! Trotz Badeshorts. Es knirscht und kratzt. Ätzend.

„Pussy!", keift David mir grinsend zu und klopft sich selbst ab.

„Na, ich würde eher sagen, derjenige, der ein Kuscheltier …" Ich stocke, weil ich sehe, wie David flink eine neue Sandladung in die Hand nimmt und sich drohend vor mir aufbaut.

„Waaas?" Er schaut mich an – seine rechte Hand mit dem Sand bereit zum Wurf. „Ich hör nichts! Was?", hakt er auffordernd nach.

„Ähm! Ich meinte natürlich, derjenige, der so ein Kuscheltier hat … also … ähm …" Ich suche nach Worten und muss lachen. Doch David lässt nicht locker. „Was meinst du? Komm, sag's, Pussy!", fordert er mich frech auf.

„Also … derjenige, der so ein Kuscheltier hat, ist schon im Vorteil …" Ich überlege einen Moment, doch kann mich trotz der geballten Ladung Sand in seiner Hand nicht zurückhalten.

„… der kann sich daran wenigstens so richtig reiben." Ich fasse dabei in meinen Schritt und noch ehe ich einen draufsetzen kann, trifft mich sein Wurf mitten ins Gesicht. Ich drehe mich weg, spucke wieder Sandkörner und beginne zu lachen. Und auch David lacht.

„Gute Idee übrigens, Jonas! Daran hatte ich noch gar nicht gedacht." Er klopft mir auf die Schulter.

„Und stell dir vor, ich habe noch eine für dich …", setze ich nach und lege meine rechte Hand „bro-mäßig" auf seine Schulter.

„Krass!" David schneidet eine Grimasse und schaut mich fragend an.

„Es ist noch geiler, wenn du ein Loch in deinen Teddy machst … You know!" Ich klopfe ihm auf den Rücken und beginne wieder zu lachen.

„Dafür ist meiner zu groß und der Teddy für so ein Loch zu klein", brüstet sich David. „Aber ich kann ihn dir gerne geben! Du scheinst ja damit Erfahrung zu haben."

„Nee, lass mal …"

„Deine rechte Hand reicht dir wohl aus, was?", setzt er nach.

Wieder beginnen wir zu lachen. In dem Moment läuft eine vierköpfige Familie an uns vorbei Richtung Meer. Als die Jungs, beide um die sechs Jahre alt, das Meer sehen, rennen sie freudequietschend los. Und ihr Vater direkt hinterher.

„Apropos rechte Hand … Wie findest du die?", wende ich mich David wieder zu und nicke Richtung Aussichtsturm, auf dem die Rettungsschwimmerin steht. David mustert sie – auch wenn wir dafür eigentlich zu weit weg sind, zwanzig Meter sind es bestimmt.

„Geile Titten!" Er beginnt förmlich zu sabbern, während er sich übertrieben über seine Brustwarzen reibt.

In diesem Moment kommt ein Rettungsschwimmer auf den Turm.

„Nein!" David schüttelt den Kopf. Doch genau das, was er wohl befürchtet, tritt ein. Der Rettungsschwimmer löst sie ab, sie greift nach ihrer Tasche und verlässt den Turm.

„Na super." David schaut mich an.

„Ist wahrscheinlich besser für deine Hose!" Ich grinse ihn an.

„Häh?" Fragend runzelt er die Stirn.

„Oh, Mann! Kapierst du nicht?" Ich lasse meinen rechten Zeigefinger vor meiner Boxershorts hängen und richte ihn dann auf.

„Depp!"

Wir setzen uns zurück in den Sand und schauen auf das Meer. Die beiden kleinen Jungs befinden sich mittlerweile dort und rennen bei jeder am Strand ankommenden Welle weg, sodass sie vom Wasser nicht erwischt werden. Was für einen gelösten und glücklichen Eindruck sie machen.

„Ich muss mal kurz, meine Blase platzt gleich." David richtet sich im Bett auf und tastet mit seinen Füßen nach seinen schwarzen Adiletten.

„Kein Problem, ich beobachte die beiden Jungs so lange weiter …"

Aus meinen Augenwinkeln sehe ich, wie sich David am Infusionsständer stützend zu unserer Toilette bewegt und die Tür schließt.

Während ich meinen Gedanken nachhänge, höre ich plötzlich Davids Plätschern. Dem Geräusch nach zu urteilen: eindeutig Stehpinkler!

Ich muss lächeln und daran denken, wie eklig ich das immer fand, wenn man im Sommer mit kurzen Hosen oder mit Badeshorts auf die Toilette ging und im Stehen in die Schüssel pinkelte. Manchmal, wenn der Strahl zu stark war, der in der Toilettenschüssel aufkam, gab es eine „Spritz-Rückkopplung" und man spürte Tröpfchen auf seinen nackten Beinen. Unangenehm – mal ganz abgesehen davon, wie unangenehm es für die Putzfrau oder den Putzmann der Toilette sein musste.

Ich höre den Abzug und kurz darauf den Wasserhahn am Waschbecken. Wenigstens wäscht er sich die Hände.

Wie man hier alles immer hört. Die Wände sind so hellhörig. Eine Intimsphäre gibt es praktisch nicht. Nur gut, dass ich mich mit David auf einer Ebene befinde. Vor ihm ist mir eigentlich nichts peinlich … zumindest fällt mir gerade nichts ein.

„Du hättest dich heute besser eincremen müssen, hast voll den Sonnenbrand im Gesicht!" David schleppt sich mit seinem Infusionsständer vorbei an meinem Bett. Dabei fallen mir seine grellen silberfarbenen Socken auf.

„Besser rot als käseweiß." Ich betrachte ihn, wie er sich zurück in sein Bett legt. Er atmet tief durch. Das kurze Laufen hat ihn angestrengt.

„Ich hatte gedacht, du wartest am Strand und beobachtest noch ein bisschen die kleinen Jungs …"

„Wie hört sich das denn an?" Ich schüttle den Kopf. „Wie so ein Pädo!"

David lacht. „Darauf hab ich aber gar nicht abgezielt." Er überlegt kurz. „Wobei … wenn du das jetzt so sagst …"

„Das ist nicht lustig!", sage ich ernst.

„Stimmt." Und doch muss David grinsen.

„Was soll ich denn am Strand ohne dich?" Ich zwinkere ihm zu.

David hält den Blickkontakt. „Oooh! Das aus deinem Mund …“

Wir lachen.

Das Herumalbern mit ihm tut mir so gut. Wir haben einfach den gleichen Humor.

„Wenn wir hier die ganze Krebs-Scheiße hinter uns haben, fliegen wir nach Malibu!“ David räuspert sich kurz. „Nur wir beide – am Strand von Malibu.“ Er lächelt.

Wir schauen uns immer noch in die Augen – wie eine enge, nicht zu trennende Einheit. Dabei meine ich ein leichtes Glänzen in seinen haselnussbraunen Augen sehen zu können. Er hat echt eine total markante, schöne Augenfarbe …

„Deal?“ David runzelt fragend die Stirn.

„Deal!“, antworte ich wie aus der Pistole geschossen. Brauche keine Sekunde, um zu überlegen.

„Und dann lassen wir uns einfach vom Tag treiben.“ David löst schließlich den Blick und fährt sich kurz mit der Hand über die Augen.

Was für eine Vorstellung. Wir beide am Strand von Malibu, gesund, keine gesundheitlichen Probleme oder Schmerzen. Keinen Krebs mehr. Wieder richtig genießen können, ohne Belastungen und Sorgen. Frei sein. Muss automatisch an meine Deutschlehrerin Frau Posselt denken, die im Unterricht einmal das Zitat von Jean-Jacques Rousseau gebracht hat: *Der Mensch ist frei geboren und überall liegt er in Ketten.*

Damals im Unterricht fand ich das Zitat so zutreffend. Überall die Verpflichtungen: in die Schule gehen zu müssen, Hausaufgaben zu machen, für Klausuren zu lernen, anständig und gewissenhaft zu sein – was einem eben so von der Gesellschaft, von den Erwachsenen auferlegt wird, zumindest hatte ich das Gefühl – und all die andere Scheiße.

Heute in meiner Situation sehe ich das komplett anders. All die Verpflichtungen, die ich als Ketten angesehen habe, sind keine Ketten mehr für mich. Im Gegenteil: Ich wünschte, ich könnte in die Schule, ich könnte Hausaufgaben machen, ich könnte für Klausuren lernen, ich könnte, könnte, könnte …

Ich wünschte, ich könnte einfach das normale Leben eines Siebzehnjährigen führen – wie all die anderen in meiner Klasse.

Was die jetzt wohl gerade machen? Janosch hat mit Sicherheit eine Freundin …

Ob die auch mal an mich denken? Schon lange bekomme ich keine Besuche mehr oder mal eine kurze Nachricht per WhatsApp, die ein richtiges Interesse zeigt. Das war zu Beginn meiner Diagnose anders. Aber schon nach drei Monaten ebbte das stark ab. Es gibt ein Sprichwort: *Schnell kommt eine Kuh mit einem längeren Schwanz und man ist aus den Augen, aus dem Sinn.* Selbst meine früheren Freunde oder besser gesagt sogenannten „Freunde" melden sich nur noch sporadisch mit einer fucking Nachricht wie „Hey, wie geht's?"

Wie geht's?

Tzzz!

Was soll ich darauf antworten?

Nichts.

Wenn David nicht wäre, dann würde ich mich innerlich richtig einsam fühlen. Also klar, meine Eltern, und teilweise auch mein Bruder, sind für mich da, kommen mich besuchen, überschütten mich mit Geschenken und Essen. Aber das ist Familie. Das ist etwas anderes, wichtig – keine Frage –, aber das ersetzt eben keine richtige Freundschaft.

Eine Person zu haben, einen Freund, eine Freundin, mit dem oder mit der man sich auf einer Ebene fühlt. Verbunden. Seelenverwandt. Auch wenn sich das kitschig anhört. Das ist etwas, das ich erst hier auf der Station mit dem Kontakt zu David gelernt habe. Diese Intensität, dieses uneingeschränkte Vertrauen, der Austausch. Hier erfahre ich, was das überhaupt ist.

„Früher" habe ich daran gar keinen Gedanken verschwendet. In dieser Richtung hat mir der Krebs die Augen geöffnet. Und doch muss ich immer wieder an meine Schulzeit, an meine Klasse zurückdenken … und daran, was die wohl alle gerade so machen – ohne mich.

„Willst du eigentlich mal Kinder haben?"

„Häh?“ David reißt mich aus meinen Gedanken. Hab nicht richtig gehört, was er gesagt hat.

„Na, ob du mal Kinder willst?“ Er schaut mich an.

„Wie kommst du denn jetzt darauf?“

„Musste nochmals an die beiden Jungs am Strand denken, wie sie so zum Meer gerannt sind … Wahrscheinlich haben sie es zum ersten Mal gesehen.“ David lächelt – und ich auch.

„Darüber hab ich mir noch keine Gedanken gemacht. Du etwa?“

„Musste ich!“

Wir blicken uns wieder an. Ich warte ab, während er mit den Vorderzähnen auf seine Lippen beißt.

„Mein Arzt hatte mir nahegelegt, Sperma einfrieren zu lassen – vor der OP und vor der Chemo.“ Er hält kurz inne. „Zumal am Anfang im Raum stand, dass eventuell beide Hoden entfernt werden.“ Er wendet sich von mir ab und schaut gegen die Decke. „Zum Glück blieb mir das erspart und nur einer kam weg. Fucking Hodenkrebs.“

Ich wusste zwar von ihm, dass er Hodenkrebs und nur noch einen Hoden hat, aber nicht, dass er Sperma hat einfrieren lassen.

Auch ich drehe mich weg und blicke an die Decke.

„Werde ich nie vergessen, wie ich mir da einen in dem Zimmer geschrubbt habe und nachher der Arzthelferin den kleinen verschlossenen Plastikbecher mit meinem Sperma überreichen musste. Fühlte mich so schlecht und es war mir extremst peinlich.“

„Kann ich gut verstehen.“ Ich fahre mir mit der Hand über meine Glatze. „Ich hätte wahrscheinlich gar keinen hoch bekommen.“

„So war's auch bei mir! Obwohl in dem Raum Pornohefte und Videos waren, die man sich hätte anschauen können. Da ging erst mal gar nichts bei mir. Ich habe mich nur auf den Sessel gesetzt und …“ Er schluckt. Ich drehe meinen Kopf wieder zu ihm und beobachte ihn.

„Ich saß da und mir kamen einfach nur die Tränen." Seine Stimme wird brüchig. Er stoppt erneut und reibt sich die Augen. „Ich wollte damals gar nicht weinen, aber sie kamen automatisch." Davids Augen glänzen. „Ich kann gar nicht mehr sagen, wie lange ich einfach nur so dasaß und auf den Boden starrte."

„Hattest du bestimmte Gedanken oder war da nichts als Leere?", frage ich nach.

„Am Tag vor der Sperma-Abgabe gingen mir zig Gedanken durch den Kopf, aber in dem Zimmer fühlte ich mich dann wie ausgeschaltet."

„Wie soll man sich in so einer Situation einen wichsen?" Ich versuche mir das vorzustellen. Da hat man nicht nur mit der Diagnose zu kämpfen, sondern dann auch direkt zu entscheiden, ob man noch Kinder bekommen möchte. Absoluter Ausnahmezustand.

„Das Ganze nennt sich Kryokonservierung."

„Kryo was?", hake ich nach.

„Kryokonservierung – das Einfrieren des Samens."

„Hab das Wort noch nie gehört."

„Zum Glück!", antwortet er. „Aber um auf meine Frage von eben zurückzukommen: Also ich will mal Kinder haben." Er schaut mich an. Wartet. „Am liebsten zwei: ein Mädchen und einen Jungen. Mala und Michel." Er lächelt.

„Krass, dass du sogar schon Namen hast. Für mich ist das alles noch weit weg. So weit weg, dass ich nicht mal sagen könnte, ob ich welche will oder nicht. Wie kommst du denn auf die Namen? Beides M-Namen …"

„Mala gefällt mir einfach und Michel wegen Astrid Lindgrens Michel aus Lönneberga. Die Geschichten um ihn finde ich cool."

„Das glaub ich dir sofort … der hat ja einen Scheiß nach dem anderen gebaut."

„Aber bevor's so weit ist, muss ich erst mal …" Er zieht die Nase hoch, „… eine potenzielle Mutter finden." Ich beginne zu lachen. „Wie sich das anhört: Potenzielle Mutter … nicht gerade sexy!"

Die Tür öffnet sich und Schwester Tanja kommt rein – mit wippendem Pferdeschwanz. Heute trägt sie einen etwas weiteren weißen Kasack. „Na, ihr beiden?"

„Wir haben gerade über dich gesprochen." David zwinkert ihr zu. Sie läuft zu ihm und kontrolliert die Infusionsflasche.

„Wenn ich jetzt nachfrage, über was, bekomme ich bestimmt keine Antwort." Sie zieht ihre Augenbrauen etwas nach oben.

„Versuch's doch einfach mal!", fordert er sie verschmitzt auf.

Sie stellt die Infusionsgeschwindigkeit langsamer ein und schaut ihn dann an. „Also, über was habt ihr gesprochen?"

David wartet einen Moment, lässt sie zappeln.

„Sagen wir nicht!" Er grinst sie an.

Sie nickt grinsend zurück. „Wie gut ich dich kenne!" Tanja kommt zu mir ans Bett und kontrolliert auch meine Infusionsflasche.

„Erstaunlich gut. Das ist schon mal eine super Voraussetzung, oder Jonas?" David schaut zu uns rüber.

„Auf jeden Fall! Sie wäre geeignet", antworte ich trocken.

„Super Voraussetzung! Geeignet! Aber sonst ist mit euch alles in Ordnung?" Sie schaut abwechselnd zu David und mir.

„Ja", antwortet David knapp.

„Du mich auch, mein Schatz." Sie nickt, lächelt und geht aus dem Zimmer.

„Hast du's gehört? Schatz hat sie zu mir gesagt!" David macht die typische Siegerpose von Usain Bolt nach, die sich viele andere abgeschaut haben. Es ist die markante Bogenschützen-Pose. Bei David sieht sie nur lustig aus, weil von seiner rechten Hand ein Schlauch zur Infusionsflasche am Ständer führt, der dabei wie ein schlaffer Marionettenfaden wirkt.

„Der Beginn einer großen Liebe mit vielen …" Ich halte kurz inne, „… ich korrigiere: mit zwei Kindern!"

„So sieht's aus!", bekräftigt David schmunzelnd. „Aber bevor das passiert, weißt du, was du noch zu tun hast."

„Häh? Was meinst du damit?"

„Verstell dich nicht. Du weißt genau, was ich meine!"

„Nee, wirklich nicht!" Ich zucke mit den Schultern.

„Eine kleine Gedankenstütze. Pass auf!" Er macht eine übertriebene Grimasse und formt wieder einen Kussmund, aus dem er seine Zunge schnellen lässt.

Ich lache. „Ach, das meinst du! Von Züngeln war aber keine Rede."

„Wäre aber bestimmt geiler." Er stellt sein Züngeln ein und lacht. „Wann knallst du Tanja?"

„Waaas? Da geht wohl mit einem die Fantasie durch!" Ich winke ab.

„Na, ob knallen oder küssen …" Bevor David den Satz beenden kann, unterbreche ich ihn. „Das ist ein großer Unterschied. Zumindest für mich." Ich schnalze mit der Zunge.

„Also, wann machst du es?"

„Keine Sorge. Wettschulden sind Ehrenschulden – so heißt es doch immer, richtig?" Ich schaue David an.

„Richtig, Bruder. Das ist aber nicht die Antwort auf meine Frage", sagt er grinsend.

„Mach ich schon noch." Meine Begeisterung ist förmlich zu hören.

„Du machst das heute noch!", fordert mich David auf.

„Wir hatten keine Frist ausgemacht", versuche ich direkt abzuwiegeln. „Und außerdem mit Zunge … also lass uns das einfach nur …" Nun ist es David, der mich nicht aussprechen lässt.

„Stopp! Du brauchst gar nichts mehr zu sagen. Der Deal war, dass der Verlierer Tanja küsst und dabei seine Zunge in ihren Mund steckt. Ende. Aus."

„Das hört sich sehr romantisch an." Ich schüttle den Kopf auf dem Kissen und kann mir das Lächeln nicht verkneifen.

„Ob romantisch oder nicht. Zunge muss rein beziehungsweise du musst es versuchen. Heute!" David bleibt hartnäckig. „Lass uns Folgendes machen: Wer jetzt gleich als Erster von uns kotzen muss, darf entscheiden, wann die Zungen-Stoß-Aktion stattfindet. Deal?" Auffordernd und strahlend schaut er mich an.

Ich überlege einen Moment. „Herr Galle“ und „Frau Luft“ haben bei mir heute bereits einige Aufzugfahrten gemacht – aber ob ich sie zurückhalten kann, bis sich David über die Kotzschüssel beugt? Fraglich! Ich beiße auf die Lippen.

„Jetzt komm! Das ist doch ein fairer Deal und du hast es selbst in der Hand oder …“, er überlegt einen kurzen Moment, „… besser: Du hast es selbst im Mund. Lass Kotze drin und du bestimmst den Tag. Drückt Kotze raus, noch bevor sie bei mir in die Schüssel tropft, machst du's dann, wenn ich es sage. Deal?“ Erneut strahlt er mich an, so als würde er zu sich selbst sagen: Was für eine geile Idee.

„Deal!“, sage ich schließlich, weil David sonst ständig weitergemacht hätte. Außerdem habe ich ja wirklich damit die Chance, wieder das Ruder selbst in die Hand zu bekommen und den Zeitpunkt bestimmen zu können. Möge die Kotze mit mir sein und „Herr Galle“ und „Frau Luft“ kein Bedürfnis haben, nach außen treten zu wollen!

„Ab jetzt gilt's.“ David gibt das Startsignal. „Kai Pflaume würde sagen: Klein gegen Groß – auf los geht's los!“ David lacht. „Also ich bin natürlich der Große und du der Kleine!“, setzt er weiter nach.

„Ja, ja. Denk dran, in meinem Pass steht 1,78 Meter!“

„Und in meinem steht wahrheitsgemäß 1,80 Meter!“ David ballt die Faust und beobachtet mich genau. „Na, spürst du schon was? Ein Kotzkitzeln?“ Er nickt mir zu.

„Nichts und das wird auch so bleiben!“, sage ich siegesgewiss. Dabei bin ich mir gar nicht so sicher. Denn die Statistiken in den letzten Wochen sprechen eher gegen mich. Ich kotze im Vergleich zu David deutlich mehr am Tag. Aber es geht ja jetzt nur darum, einfach Platz zwei im Kotzranking zu belegen.

Jonas, zusammenreißen! Ich muss an etwas anderes denken. Gar nicht den Kotzgedanken aufkommen lassen.

„Ui, da drückt doch schon was, Jonas“, setzt David weiter nach. Doch ich lasse bewusst alles abprallen. Das Ding muss ich gewinnen!

„Wie er sich schon anstrengen muss …" David lacht.

„Fantasiere nicht", kontere ich.

„Jetzt ein Burger, wäre das nichts für dich, Joni?"

„Das ist fies! Ohne Pushen, sonst gilt's nicht." Ich schaue ihn an. Denn meine Geruchsempfindlichkeit und vor allem das Vorstellen der jeweiligen Gerüche würden mich schnell an den Rand des Kotzens bringen. Und das weiß David.

David nickt mir zu, „Okay. Ich gewinne auch ohne mein Zutun."

„Das werden wir sehen!" Ich wende meinen Blick zur Decke und versuche mich gedanklich abzulenken.

Aus den Augenwinkeln sehe ich, wie David nach seinem Handy greift. Bestimmt spielt er jetzt wieder „Quizduell".

Eigentlich eine gute Idee. Könnte ja Musik hören. Kurzerhand hole ich mein Handy vom Nachttisch. Wie gut, dass ich Spotify habe. In meiner Playlist erscheint: Rihanna „Don't stop the music". Besser: Please stop the Kotze!

Kaum ertönt Rihanna in meinen Ohren, kommt Davids Mutter ins Zimmer und gerät in mein Blickfeld. Sie nickt mir freundlich zu und hebt ihre Hand. Der Luftzug, der durch ihren Gang verursacht wird, umgibt mich.

O nein!

Was für ein süßlicher, widerlicher und viel zu penetranter Parfümduft. Ein gefundenes Fressen für meine „Grenouille-Nase". Das Parfüm ist jedenfalls neu, sonst roch sie deutlich dezenter und herber. Rihanna ist gerade bei „It's getting late, I'm making my way over to my favourite place" angekommen. Ich beginne bereits zu würgen und versuche vehement, den Aufzug mit „Herrn Galle" und „Frau Luft" in meinem Magen nicht starten zu lassen. „I gotta get my body moving …"

Fuck!

Nicht mein Body movt, sondern mein Aufzug!

Widerstand ist zwecklos.

Der Automatismus setzt ein.

Ich rappele mich hoch, greife nach der Nierenschale auf meinem Nachttisch und beuge mich mit geöffnetem Mund über die Schale. Wieder jagt ein Würgen das nächste. „Baby, I must say your aura is incredible …“ Während ich noch verkrampft mit der rechten Hand die Schale halte, beende ich die Musik an meinem Handy.

Endlich kann ich etwas Schleim – ein Dank an „Herrn Galle!“ – in die Schale kotzen. „Soll dich von Susi ganz lieb grüßen. Die fragt immer nach dir“, höre ich Davids Mutter sprechen. Nur gut, dass sie auf der gegenüberliegenden Seite von Davids Bett sitzt und so der größtmögliche Abstand zu mir besteht – auch wenn ihr Duft noch im Zimmer herumwabert.

„Danke, Mama. Das ist nett.“ Während David das sagt, schaut er jedoch zu mir. Einfach nur mit einem breiten Grinsen und so, als hätte er zu mir gesagt: „Das ist nett, Jonas, dass du gekotzt hast. Ich habe mal wieder gewonnen!“

„Können wir bitte kurz auslüften?“, frage ich nüchtern, ohne David eine Reaktion zu liefern.

„Klar.“ Davids Mutter öffnet kurzerhand das Fenster in die Kipp-Position. Rieche förmlich den frischen Luftzug.

Ich lasse mir weiter nichts anmerken, sondern stelle erhaben meine Schale zurück auf den Nachttisch. Oder versuche es zumindest.

Jonas, nichts anmerken lassen!

Was das alles jedenfalls nun heißt, kann ich mir denken. Der „Drecksack“ wird so gemein sein, dass ich Tanja heute noch küssen muss.

Während David weiter mit seiner Mutter spricht, lasse ich meinen Blick an die verfickt hässliche weiße Decke gerichtet. Ich will Tanja nicht meine Zunge in den Mund rammen.

Das kann ich doch nicht machen.

Das macht man nicht.

Das mache *ich* nicht!

Doch, ich muss es machen.

Nein!

Scheißegal.

Aber ich habe doch mit David gewettet.

Was für eine fucking Wette!

Wettschulden sind Ehrenschulden.

Scheiß drauf. Das geht nicht.

Aber warum hast du dann gewettet?

Fühle mich wie Gollum bei *Herr der Ringe* im eigenen Zwiegespräch.

Hätte ich die Wette gewonnen, würde ich auch darauf bestehen, dass David Tanja küsst. Also von daher.

Trotzdem!

Nichts trotzdem. Ich muss es irgendwie machen.

O Gott. Irgendwie. Aber wie?

Das Gute ist – und das habe ich in den letzten Monaten hier gelernt: Alles geht vorbei. Auch mein Versuch, Tanja zu küssen.

Wenn ich daran denke, wird mir schlecht.

Wie stelle ich das nur an?

Kann sie doch nicht zu mir herziehen und dann meinen Mund auf ihren drücken.

Es gibt eigentlich nur einen Weg: Ich muss sie vorher einweihen. Alles andere geht nicht. Auch wenn das Betrug gegenüber David ist.

Egal.

Die Angst vor der Aktion beherrscht meinen Körper und lässt mich zu diesem unfairen Mittel greifen. Wobei ich ja die Aktion durchführen werde. Also drücke ich mich nicht davor und halte quasi mein Wort – alles eine Sache der Auslegung und Interpretation. Machen die Politiker doch auch ständig und werden dafür nicht zur Rechenschaft gezogen.

Dann darf ich das auch!

Ähm. Ja!

Ich rappele mich auf und schlüpfe in meine Hausschuhe. David und auch seine Mutter hören zu sprechen auf, schauen zu mir. „Was hast du denn vor?" David ist sichtlich irritiert. Vielleicht bilde ich mir das nur ein, aber er hat jetzt gerade wieder dieses ekelhafte Grinsen aufgesetzt.

„Soll ich dir helfen?" Davids Mutter will gerade vom Stuhl aufstehen, doch ich wiegele ab.

„Nein, alles gut. Will nur ein paar Schritte auf dem Gang gehen.“ Ich greife nach dem Infusionsständer und setze einen Schritt vor den nächsten. Auch wenn sich schnell alles leicht zu drehen beginnt, setze ich meinen Gang fort.

„Du gehst doch sonst kaum auf den Gang“, setzt David weiter nach. „Nicht, dass du mir abhaust!“ David lacht, ohne dass ich mich umdrehe. „Wir haben heute doch noch einiges vor oder soll ich sagen: Du hast heute noch einiges vor!“ Wieder Gelächter.

„Jetzt lass ihn doch“, höre ich noch leise Davids Mutter sagen, da bin ich schon an der Tür und trete auf den Gang. Kaum habe ich die Zimmertür wieder geschlossen, lehne ich mich an die Wand, während ich meinen Infusionsständer festhalte, so fest, dass ich aufrecht bleiben kann. Habe nämlich gerade das Gefühl, als würde sich der Boden unter meinen Füßen bewegen. Die Ärzte und Schwestern sagen mir oft, ich solle viel öfter aus dem Bett aufstehen und ein paar Schritte gehen. Doch mir ist selten danach – zumal mich sehr häufig die Übelkeit und damit „Herr Galle“ und „Frau Luft“ plagen. Und wenn man dann mehr oder weniger den ganzen Tag liegt, geht natürlich der Kreislauf in den Keller. Aber jetzt treibt mich die pure Angst an: meine verlorene Wette.

Oder eher: meine beiden verlorenen Wetten!

Hoffentlich ist Tanja noch auf der Station und heute nicht früher gegangen, was sie – aufgrund ihrer vielen Überstunden – öfter mal macht. Das ist meine einzige Chance, ohne Gesichtsverlust aus der Situation zu kommen. Denn wenn sie heute nicht mehr hier ist, wird mich die Aktion morgen treffen – ohne sie einweihen zu können!

Mühsam setze ich meinen Weg Richtung Schwesternzimmer fort. Auf dem Gang hängen noch weitere krebs- und chemotherapiegezeichnete Kinder und Jugendliche herum. Die Glatze gehört hier zum typischen Erscheinungsbild. Auch wenn wir alle irgendwie in einem Boot sitzen, habe ich keine Berührungspunkte zu ihnen. Ich bin da wie auf einer Insel mit David – wir sind in unserer eigenen Welt.

Ein vielleicht dreijähriges Kind kommt mir auf einem roten Rutsch-Auto entgegen. Es hat die Infusion schräg am kahlen Kopf angelegt. Das wird bei kleinen Kindern gerne gemacht, damit deren Bewegungsfreiheit nicht eingeschränkt ist.

Die Mutter läuft mit dem Infusionsständer hinterher. Ich schaue einen kurzen Moment auf das Kind. Es sitzt quietschvergnügt auf dem Auto und spielt. Immer wieder betätigt es die Hupe und lacht jedes Mal dabei laut auf. Wenn es keine Glatze hätte, würde man nicht sehen, dass es krank ist. Es lächelt mir zu. Wegen der Glatze kann ich gar nicht sagen, ob es ein Junge oder ein Mädchen ist.

Mittlerweile bin ich auf gleicher Höhe mit dem Kind. Erneut betätigt es die Hupe und schaut mich mit großen Augen an.

„Vorsicht, da vorne ist Stau! Dreh lieber um", sage ich und lächele. Die Mutter grinst mir zu. „Er liebt einfach sein Auto." Damit weiß ich nun, dass es ein Junge ist.

„Na, das ist ja auch ein tolles Auto!" Ich schaue nochmals auf den Jungen, der mich anstrahlt und dann flink umdreht. „Staaaaau!", ruft er zu seiner Mutter.

Ich glaube, man kann mit dem Krebs und der Chemo in so einem Alter besser umgehen, weil man sich einfach noch nicht so viele Gedanken macht. Da ist die eigene Welt viel kleiner und auch irgendwie „heiler" – anders als mit siebzehn. Als Kind stehen vor allem die Schmerzen im Vordergrund, aber das Ausmaß und was es heißt, Krebs zu haben, kann nicht erfasst werden.

Oft habe ich mir auch schon gewünscht, genau dieses Ausmaß selbst nicht erfassen und mir keine Gedanken darüber machen zu müssen. Und nicht googeln zu können! Doch vergebens.

Endlich beim Schwesternzimmer angekommen, halte ich Ausschau nach Tanja. Was für ein Glück: Sie ist da und gerade dabei, etwas in Akten zu notieren. Ich betrachte sie für einen kurzen Moment. Es ist ein Doppelglück! Denn sie ist alleine im Zimmer. Die Freude in mir verdrängt mein Schwindelgefühl. O Gott, bin ich erleichtert. Jetzt muss ich es ihr nur noch sagen. Und vor allem, ich muss die Chance nutzen, bevor eine ihrer Kolleginnen oder ein Kollege kommt oder sie angerufen wird.

Ich schiebe meinen Infusionsständer vor mir her und ziehe meinen Körper nach. Tanja hat mich bemerkt. „Jonas?“ Sie steht auf und kommt zu mir. „Welch seltener Anblick! Ist was?“ Sie ist irritiert, mich hier zu sehen. Kann das an fünf Fingern abzählen, wann ich mal hier im Schwesternzimmer war. Aber darf jetzt keine Zeit verlieren …

„Ähm … also …“, beginne ich zu stottern. Ihr Blick ist nach wie vor auf mich gerichtet. „Also David und ich hatten eine Wette gemacht … und ich hab sie verloren.“ Ich verdrehe die Augen und schneide eine Grimasse.

„Ja und?“, fragt sie nach und festigt das Haargummi an ihrem Pferdeschwanz.

„Der Wetteinsatz … ich weiß, es klingt total bescheuert und würde ich auch nicht mehr machen, aber in der Situation … also …“

„Jonas“, unterbricht sie mich, „jetzt rede nicht um den heißen Brei herum. Was war denn der Einsatz?“

„Dass ich dich küssen muss“, antworte ich knapp und senke noch währenddessen den Blick, um ihre Reaktion nicht sehen zu müssen.

Doch sie lacht nur. „Ihr seid mir zwei. So bekloppt!“ Sie streichelt mir kurz über den Rücken. Ich bin froh, dass sie so reagiert, aber sie weiß ja noch nicht die volle Wahrheit – das ganze Ausmaß der Peinlichkeit!

„Also nicht nur küssen, sondern ich muss versuchen, dir meine Zunge in den Mund zu stecken.“ Ich schaue sie kurz an. „Ja, ich weiß“, sage ich schnell kopfschüttelnd. Jetzt hat auch sie aufgehört zu lachen.

„Vergiss es!“, sagt sie nur und geht zurück zu den Akten am Tisch.

„Bitte, hilf mir“, setze ich fast schon winselnd nach. „David darf nicht wissen, dass ich dich eingeweiht habe. Wir können doch einfach nur so tun.“

„Jonas, ich bin doch nicht euer Lustobjekt!" Ihre Stimme klingt forsch.

„Ich weiß, was für eine Scheiß-Wette … aber ich hab sie nun mal verloren und jetzt bin ich in Zugzwang."

„Nicht mein Problem." Sie lächelt mir kurz zu und fährt mit ihren Akteneinträgen fort.

„Aber es ist meines! Bitte hilf mir", sage ich leise. Wieder schaut sie mich an. Mustert mich. Komme mir wie der größte Depp der Station – ach, was sage ich – wie der größte Depp des Krankenhauses vor. Fühle mich schlecht.

„Und wie stellst du dir das vor?" Kopfschüttelnd betrachtet sie mich.

„Wenn du bei mir am Bett bist und ich dich versuche, herzuziehen und zu küssen, könntest du dich einfach losreißen, bevor … ähm … ach, das hört sich alles so scheiße an." Ich schüttle den Kopf.

„Bevor was?" Sie lässt mich zappeln.

„Na bevor meine Lippen deine Lippen berühren können!" Ich warte nur eine Sekunde und setze dann nach: „Damit wäre alles erledigt. Ich hätte meine Wettschulden eingelöst und es wäre abgehakt." Ich schaue sie bedröppelt an.

„Tzzz, euch hat echt einer ins Hirn geschissen!" Sie macht eine abwinkende Handbewegung und wendet sich ab.

Scheiße.

Das war's.

Jetzt bin ich im doppelten Sinne geliefert: Ich habe zum unfairen Mittel des Einweihens gegriffen und Tanja wird nicht mitmachen – mal ganz abgesehen davon, dass sie diese Sache bestimmt weiter im Kollegenkreis erzählt und es dann vielleicht sogar noch bei meiner Mutter ankommt. Wie peinlich das alles ist. Echt zum Kotzen. Apropos kotzen – mir ist schlecht. Und mein Aufzug fährt in diesem Moment so rasant in die Höhe wie selten zuvor. „Tanja", kann ich gerade noch sagen und zum Glück reagiert sie schnell. Denn kurz darauf hält sie mir eine Nierenschale kotzfreundlich hin, sodass ich nur noch meinen Mund aufmachen muss. Da ist auch schon der Aufzug oben und entlädt eine Ladung Speichel, obwohl Druck da ist, Material aus meinem leeren Magen kotzen zu müssen. Ich beuge mich über die Schale und stütze mich bei Tanja ab. Lasse den Speichel in die Schale tropfen, gefolgt von einem weiteren Trockenwürgen.

Während Tanja mit der rechten Hand die Schale hält, berührt sie mit der linken meinen Rücken. Was würde ich jetzt darum geben, schon wieder in meinem Bett liegen zu können. Einfach flach liegen, bewusst atmen, um das Kotzgefühl wieder wegzubekommen. Die Liegeposition ist mir wirklich am liebsten. Was für eine Scheiß-Idee von mir, zu Tanja zu gehen und noch „scheißiger" – auch wenn es keine Steigerung von scheiße gibt –, überhaupt diese Zungenkuss-Wette mit David einzugehen!

Mein Aufzug scheint eine Pause zu machen. Atme tief ein und aus. Muss mich hinlegen. Am besten schnell. Tanja stellt die Nierenbeckenschale auf den Tisch. „Einen Moment, Jonas." Sie geht kurz aus dem Raum und kommt mit einem Rollstuhl zurück. Dankend setze ich mich hinein. „Ich fahre dich kurz zurück ins Zimmer", sagt sie freundlich zu mir. Sie klemmt den Infusionsständer am Rollstuhl ein und schiebt mich den Gang entlang. Bin sehr froh, nicht mehr zurücklaufen zu müssen. Will sie gar nicht anschauen, denn das Ganze ist mir so unangenehm und megapeinlich.

Vergessen. Wegschieben. Verdrängen.

Ich schließe die Augen – fühle mich ihr gegenüber echt schlecht. Zum Glück thematisiert Tanja meine Bitte auch nicht mehr auf dem Rückweg ins Zimmer. Jetzt wird wahrscheinlich eh alles rauskommen und David wird mich damit aufziehen und als Betrüger bezeichnen. Und das stimmt auch noch. Mohammed, ein Pfleger auf der Station, kommt uns auf dem Gang entgegen und nickt Tanja zu. Sie wird es ihm bestimmt auch erzählen.

„Na, wo kommt ihr denn her?", höre ich David sagen, als mich Tanja zurück ins Zimmer an mein Bett schiebt.

„Jonas ist auf dem Gang schlecht geworden", antwortet ihm Tanja und hilft mir vom Rollstuhl hoch, sodass ich mich ins Bett legen kann.

Das tut gut. Endlich wieder liegen. Habe ich gerade „endlich" gesagt? Dabei war ich doch nur einige Minuten auf den Beinen. Was für ein Wrack ich geworden bin – und seit heute obendrauf ein *peinliches* Wrack!

„Ach, der hatte doch nur Sehnsucht nach dir, oder, Jonas?" Auch wenn ich nicht direkt zu David schaue, kann ich sein Grinsen förmlich spüren.

„Ist deine Mutter schon gegangen?" Tanja legt mir meine Bettdecke zurecht und greift an den Rollstuhl.

„Sie will mir noch Multivitaminsaft aus dem Reformhaus holen." David atmet tief ein: „Tzzz".

Tanja grinst. „Na, dann bis später." Sie verabschiedet sich und schiebt den Rollstuhl aus dem Zimmer.

„Du weißt, was du heute noch machen musst! Da brauchst du jetzt auch gar nicht die Kotzkarte spielen", sagt David bestimmt und lacht.

„Hey!", entgegne ich ihm und drehe leicht meinen Kopf in seine Richtung, während ich mich auf das Atmen konzentriere. Will nicht mehr, dass sich der Aufzug in Bewegung setzt.

„Nichts hey, mein Freund. Heute bahnt sich deine Zunge den Weg in ihren Mund!" Er nickt mir lächelnd zu. „Das war die Wette!"

„Bitte. Siehst du nicht, wie es mir geht?" Ich bleibe dran, versuche ihn irgendwie umzustimmen. Doch zwecklos. Er schüttelt nur den Kopf. Alles scheiße gelaufen.

„Das ist nur die Nervosität", reagiert er gelassen und unbeeindruckt von meinem Winseln.

Die Arschkarte gesellt sich also zu der Kotzkarte, die ich ohnehin permanent auf der Hand halte. Ich bin geliefert!

„Go, Joni, go!" David lacht erneut. Er genießt die Situation und eigentlich kann ich es ihm nicht übel nehmen, denn ich würde mich genauso freuen, wenn ich wissen würde, dass David die Aktion machen müsste. Ist eben immer eine Sache der Perspektive.

„Wenn Tanja nachher noch mal zum Infusionswechsel kommt, wirst du es machen. Punkt." Er fährt sich mit der infusionsfreien Hand über den Mund.

„Fängst du schon zu sabbern an, oder was?", werfe ich ihm zu und versuche damit aus meiner Defensive zu kommen. Will ihm jetzt nicht zu sehr den Triumph gönnen.

„Na, ob das ein Sabber-Stück gibt, wird sich noch zeigen. Je nachdem, wie du es anstellst!", kontert er mit einem verschmitzten Lächeln.

„Notgeile Sau." Ich schüttle den Kopf schmunzelnd und spüre dabei bereits jetzt die Panik in mir. Ich will das nicht machen! Warum sage ich ihm das nicht einfach? Scheiß auf Wettschulden. Dann ist es so. Bin eben ein Loser. Was soll's. Die Bezeichnung passt ja eigentlich auch zu meinem Zustand hier.

Ich atme tief durch, während ich höre, wie David fröhlich zu pfeifen beginnt.

Loser … höre ich mich selbst zu mir sagen – untermalt und begleitet von seinem Pfeifen, das mich jetzt gerade tierisch abfuckt.

Loser!

Stopp, Jonas! Ich darf jetzt nicht wieder in das Selbstmitleidsbecken springen, nach dem Motto „alles scheiße, alles schlecht". Will außen aufrecht am Beckenrand stehen bleiben und erhaben über das Becken schauen können. Ist doch eigentlich eine coole … ähm … oder eben eine bekloppte Aktion. Sagen wir: ein Gemisch aus beidem. Aber hey, ich habe bis jetzt schon so vieles geschafft, da ist doch dieses läppische Zungenküssen ein Klacks dagegen.

Tschakkaa!

Sehe mich vor dem Selbstmitleidsbecken stehen und die Faust ballen.

Ich kann das …

Ich kann das.

Ich kann das!

Kurzerhand öffne ich meine Jeans und hole meinen Schwanz heraus. Ohne zu überlegen, pinkele ich ins Becken. Für den Moment bleibe ich stark – auch wenn mich das Becken magnetisch anzieht und ich mich anstrengen muss, mich nicht hineinzugeben. Schnell vermischt sich meine Pisse mit dem Selbstmitleidswasser.

Wie oft ich schon in der Vergangenheit in diesem Becken war und mich teilweise tagelang darin aufgehalten habe. Vor allem zu Beginn meiner Chemotherapie. Ein Wunder, dass mir damals keine Schwimmhäute gewachsen sind. Dabei hatte ich mir nie die Frage gestellt: Warum ausgerechnet ich?

Warum musste ich Leukämie bekommen?

Es war vielmehr ein Gefühl in mir, dass ich das alles nicht ertragen kann. Also ich wollte mich nicht mit einer Chemotherapie und mit allem, was daran hängt, auseinandersetzen. Es war mir alles zu viel – auch in die sorgenvollen Gesichter meiner Eltern zu schauen, mit ihnen reden zu müssen. Hätte mich damals am liebsten verkrochen oder wäre einfach gerne weggelaufen.

Weglaufen vor der Situation. Die Augen verschließen. Nichts mehr hören, nichts mehr sehen, nichts mehr wahrnehmen.

Ich weiß, eine naive Vorstellung. Denn natürlich habe ich gerade am Anfang sehr viel gegoogelt und im Internet gelesen – was im Nachhinein nicht gut für mich war. Denn dadurch wurde ich noch schneller in das Becken getrieben.

In meinem „Früher" kannte ich kein Selbstmitleid. Da ist es wieder: das „Früher"!

Ich erschrecke kurz, weil ich gar nicht wahrgenommen habe, dass Mohammed – den alle nur Mo nennen – bei mir am Bett steht und die Infusionsflasche wechselt. Hatte ihn gar nicht ins Zimmer kommen hören.

Mo ist einer der wenigen Pfleger auf der Station und mit Sicherheit über vierzig, weil er auch schon graue, lichte Haare und einen gräulichen dichten Vollbart hat. Näheren Kontakt zu ihm hatte ich bis jetzt nicht – aber auch nicht das Bedürfnis danach.

„Da hast du jetzt einen neuen Cocktail – frisch gemixt." Er nickt mir zu und stellt die Infusion ein. „Soll euch von Tanja grüßen, die ist heute früher nach Hause gegangen, um ihre Überstunden abzubauen." Er nimmt die leere Infusionsflasche und verlässt unser Zimmer.

„Hast du ein Glück, mein Freund", höre ich David sagen, noch bevor die Tür ins Schloss gefallen ist. Ich drehe mich zu ihm. „Aber aufgeschoben ist nicht aufgehoben! Dann eben morgen!", setzt er nach mit einem fiesen Grinsen.

„Das macht dir richtig Spaß, mich zu foltern, was? Sadist!", gebe ich ihm zurück. Er lacht – und auch ich muss lächeln. Der Anlass ist zwar kacke, aber ich sehe ihn einfach gerne lachen. Überhaupt freue ich mich, wenn ich spüre, dass es ihm gut geht. Und auch so ein Gefühl kannte ich in meinem „Früher" nicht.

„Apropos Sadist … Hast du mal eine Domina in Aktion erlebt?" Er befeuchtet seine Lippen kurz mit der Zunge.

„Ähm, was für eine Frage!" Ich überlege kurz. „Klar, Frau Doktor Schneider, wenn sie mir mal wieder einen Zugang legen will und keine Vene findet!"

David muss lachen: „Frau Schneider, die Domina der Station – fehlt nur noch ihr Latex-Outift!"

„Da kennt sich wohl einer aus?" Ich räuspere mich.

„Klaro! Hab mal zufällig einen Porno im Internet gesehen, wie eine Domina einen Typen ausgepeitscht hat – und an seinen Nippeln hingen so Klemmen, da spürte ich allein schon beim Zusehen Schmerzen."

„Die Betonung liegt auf zufällig. Tzzz!", äffe ich ihn nach.

„Ehrlich! War auf einer Porno-Seite und wollte eigentlich auf einen anderen Clip klicken, aber hatte mich verklickt und schwupps, war sie schon in Aktion. Dass Männer auf so etwas stehen. Also ich würde da weder einen hochbekommen, noch irgendwie Lust verspüren."

Ich lache: „Geht mir aber genauso. Will mir so etwas auch gar nicht ansehen. Also jeder, so wie er will. Ich verurteile das nicht, aber mein Fall ist es nicht – auch wenn ich es noch nicht ausprobiert habe. Mir reichen die Schmerzen, die ich hier erhalte."

„Das ging ja noch weiter ... Also sie hat den Typen, der nackt am Boden mit Brustklemmen war, nicht nur ausgepeitscht, sondern sie hat ihm dann auch noch so Metallstäbe in die Harnröhre geschoben ... und sein Penis war dabei steif!"

„Hör auf! Jetzt hab ich Bilder im Kopf! Ich dachte, du stehst nicht auf solche Sachen. Warum schaust du dir das dann in voller Länge an?"

„Kennst du das nicht, wenn man eigentlich wegschauen will, aber dann doch immer wieder hinschaut, weil es so abstoßend ist?"

„In diesem Zusammenhang zumindest nicht!"

„Und sie holte dann auch noch so ein ..."

„David! Stopp! Bitte!"

Er beendet seinen Satz nicht und pustet nur laut aus. „Heftig, sage ich dir!"

„Aber nicht nur heftig, dass sich das jemand machen lässt, sondern dass auch jemand solche Sachen an einer andere Person durchführen kann!" Auch wenn ich es nicht will, bleibt das Bild vom Mann in meinem Kopf, der einen Metallstab in die Harnröhre geschoben bekommt.

„Absolut! Apropos durchführen ... hast du dir eine Strategie überlegt, wie deine Zunge in die Mundhöhle von Tanja kommen kann?"

„Bei dir scheinen gerade wieder die Hormone durchzugehen!", sage ich kopfschüttelnd, „nur gut, dass wohl gleich deine Mutter kommen wird. Die bringt dich auf andere Gedanken!"

„Und deine wird dir gleich etwas Leckeres zu essen mitbringen. Ob auch heute wieder Brombeeren dabei sind? Mmmh!", sagt er und reibt sich den Bauch. Der Gedanke an die Kombination Essen-Wette-Küssen ruft bei mir direkt „Herrn Galle" und „Frau Luft" auf den Plan.

*

„Kannst du auch wieder nicht schlafen?“, höre ich Davids Stimme in der Nacht.

„Bin schon wieder seit über einer Stunde wach.“ Ich greife zu meinem Handy. Das Display zeigt mir 03:47 Uhr an.

„Und warum?“

„Hatte mir vorgestellt, wie ich letztes Jahr noch Karneval gefeiert habe.“ Ich lege mein Handy zurück auf den Nachttisch.

„Oje. Etwa auch den 11.11.?“

„Klar. Immer das volle Programm. Du etwa nicht?“ Ich fahre mit der Zunge über meine Lippen.

David und ich drehen gleichzeitig den Kopf in die Position, um an die momentan „dunkle“ nächtliche Decke starren zu können.

„Nee! Damit kannst du mich jagen!“

„Ich find’s toll. Die Songs mitzugrölen, das Verkleiden, die Ausgelassenheit …“

„… und das Saufen?“ David zieht sich die Nase hoch.

„Das war bei uns letztes Jahr noch in Maßen. Hast du denn nie gefeiert?“

„Nicht richtig. Ist einfach nicht meine Welt.“

„Aber wie kannst du das dann sagen, wenn du es noch nie richtig gemacht hast?“

„Na, so wie du sagen kannst, dass eine Domina nichts für dich ist!“, kontert er kurzerhand.

„Punkt für dich! Aber ich glaube, wir beide hätten richtig Spaß im Karneval, denn es kommt immer darauf an, mit wem du unterwegs bist!“

„Warst du letztes Jahr auf dem Heumarkt?“

„Ja. Da war ich mit drei Freunden … hatten ein Team-Kostüm und waren alle als Pirat verkleidet.“

„Wie einfallsreich!“

„Besser als keines!“ Ich halte kurz inne. „Die werden bestimmt auch dieses Jahr am 11.11. wieder zusammen feiern –

nur ohne mich." Der Gedanke daran tut weh, macht mich traurig.

„Hmmm. Dann feiern wir eben dieses Jahr zusammen!" Er wendet seinen Blick zu mir. Wir schauen uns an, auch wenn ich seine Augen in dem dunklen Zimmer, in das nur Mondlicht fällt, nicht richtig erkennen kann. Sehe nur ein leichtes Glänzen. Kann sie aber kurzerhand in meiner Vorstellung aufrufen: klar und deutlich. Ich lächele.

„Aber du magst doch keinen Karneval!"

„Mit dir würde ich es probieren!"

„Das ist nett", sage ich leise – noch immer in Gedanken an „früher", an meinen letzten Karneval.

„Nur, als was sollen wir uns verkleiden?", setzt er direkt nach. „Jedenfalls nichts Medizinisches: keine Ärzte, keine Pfleger oder Ähnliches."

Während ich überlege, sprudelt es nur so aus ihm heraus – als wollte er mich schnell auf andere Gedanken bringen.

„Ein Tierkostüm?"

Ich schüttle den Kopf.

„Pilot?"

Wieder schüttle ich nur den Kopf.

„Cowboys? Wobei ... nein, lieber nicht. Sonst kommt noch eine Brokeback-Mountain-Assoziation!" Er lacht kurz auf. Und auch ich lächele, weil ich diesen Gedanken ja auch hatte.

„Clowns?"

„Finde Schminke im Gesicht nicht so geil", antworte ich ihm direkt.

„Okay, keine Schminke. Wie wäre es mit ..." Er wartet einen Moment. „Hey, ich hab's!" Er schnalzt mit der Zunge und schlägt vor Freude seine infusionsfreie Hand kurz auf die Bettdecke. „Wir gehen als Rettungsschwimmer! Wie findest du das?"

„Cool!", antworte ich ihm, ohne groß zu überlegen.

„Dann können wir schon für unsere Malibu-Reise trainieren ... also wie das Rettungsschwimmer-Gefühl ist, um sich in die

Rettungsschwimmerinnen hineinzuversetzen!" Er streckt mir den Daumen entgegen.

„Seltsame Herleitung. Aber finde ich gut! Gerade noch im Rettungsschwimmer-Kostüm, jetzt schon am Strand von Malibu ... und dann haben wir alles hinter uns!"

„Darauf freue ich mich wirklich. Das wird unsere Reise!" Er dreht den Kopf zurück und blickt wieder an die Decke.

Einige Minuten hängen wir unseren Gedanken nach. Was für eine Vorstellung, wenn wir den Krebs besiegt hätten und zusammen am Strand von Malibu wären ... Nur wir zwei.

„Ich werde direkt morgen meiner Mutter sagen, dass sie uns jeweils so ein Rettungsschwimmer-Kostüm besorgen soll!", sagt er schließlich. „Wir brauchen auf jeden Fall so eine rote Rettungsboje, eine rote Schwimmshorts und das war's eigentlich, oder?"

„Würde auch noch ein rotes T-Shirt wählen – also vor allem in Anbetracht unserer Bodys", werfe ich ein.

„Wie bitte? Was soll das denn heißen? In Anbetracht unserer Bodys ... Die sind doch nice! Wir brauchen keine T-Shirts, Frauen mögen nackte gestählte Männer-Oberkörper!" Seine Stimme klingt überzeugt von dem, was er da gerade gesagt hat, und er spricht sofort weiter: „Tanja wird auf uns abfahren!"

Ich muss lachen. „Wenn du das sagst ... Hoffentlich auf uns abfahren und nicht vor uns weglaufen."

„Meine Mutter muss ihr auf jeden Fall auch so einen roten Badeanzug besorgen", sagt er mit feuriger Stimme.

„Den wird sie bestimmt auch anziehen", antworte ich ihm belustigt, habe aber trotzdem das Bild vor Augen, wie Tanja im roten Rettungsschwimmer-Badeanzug vor uns steht.

„Das wird mega!" David freut sich sichtlich.

„Und du bist dir sicher, dass du vorher kein Interesse an Karneval hattest?", frage ich ironisch nach.

„Da siehst du mal, was du bei mir auslöst." Er schnalzt mit der Zunge.

Während ich weiter an die Decke schaue, stelle ich mir vor, wie wir drei in unseren Rettungsschwimmer-Outfits hier im

Zimmer Karneval feiern. Überall sind Luftschlangen und Konfetti. Wir liegen uns in den Armen und schunkeln ausgelassen zu den ganzen Karneval-Hits. Wie sich die Gedanken drehen können … und das nur dank David. Was würde ich bloß ohne ihn machen?

Ich greife zu meinem Handy und suche schnell bei Spotify einen meiner Lieblingssongs von Kasalla heraus: „Mer sin eins", was auf Hochdeutsch unschwer erkennbar „Wir sind eins" bedeutet.

Ohne etwas zu sagen, spiele ich den Song ab: „Vun der Südkurv bes zom Nordkrüz, un vum Pletschbach zom Troodelööh, vun Wesshoven bes noh Ossheim, mer zesamme, mer sin eins …"

Während ich textsicher mitsingen kann, stimmt David plötzlich summend mit ein – ein besonderer Moment mitten in der Nacht um mittlerweile 04:55 Uhr in einem Zimmer auf der Onkologiestation des achten Stockes der Kölner Uniklinik.

David und ich – „Mer sin eins!"

*

Ich öffne die Augen und muss gähnen. Ein kurzer Blick auf mein Handy zeigt mir gleich 07:00 Uhr an. Wieder überkommt mich ein Gähnen. Da sehe ich aus dem Augenwinkel David zu seinem Nachttisch gehen, den Infusionsständer vor sich herschiebend.

„Wie siehst du denn aus?" Sein Anblick überrascht mich.

„Nach was sieht's denn aus?", fragt er schelmisch zurück und holt aus seiner Nachttischschublade etwas heraus, was ich nicht erkennen kann.

„Du rasierst dich?" Sein Gesicht ist voller Rasierschaum, was ich so bei ihm noch nicht gesehen habe.

„Hundert Punkte!" Er hält einen Nassrasierer in die Luft. „Jetzt sag nichts, Jonas! Will heute einfach gut aussehen und dazu gehört auch eine glatte, geile Haut." Er ist gerade wieder zurück auf dem Weg in unser Bad.

„Aber bei dir wächst doch noch gar nichts richtig im Gesicht“, rufe ich ihm hinterher.

„Du weißt ja nicht, wo ich mich sonst noch rasiere“, höre ich ihn zurückrufen.

„Zu viele Details für mich am Morgen.“ Wieder gähne ich.

„Fühlt sich insgesamt einfach besser an“, höre ich ihn aus dem Bad rufen, verbunden mit dem Betätigen des Wasserhahns. Auch die typischen Rasier-Schrubb-Geräusche dringen zu mir.

Rasiert er sich jetzt tatsächlich auch seinen Sack? Dann warte ich lieber noch mit dem Zähneputzen. Dieser Anblick wäre mir jetzt zu viel.

Ich greife zu meinem Handy und sehe eine Nachricht meiner Mutter: *Hallo, Schatz, wie hast du geschlafen? Komme heute etwas später zu dir, weil ich noch einen Zahnarzttermin habe. Kuss.*

Zu meiner Verwunderung hat sie heute kein Emoji hinzugefügt. Ich möchte ihr eigentlich etwas zurückschreiben, doch mir fällt nichts ein.

Zahnarzttermin … Hat sie mir das gestern gesagt und ich habe es nur wieder vergessen?

Wie ich mir das so durch den Kopf gehen lasse, stelle ich fest, dass ich sie eigentlich nie groß etwas frage. So als würde mich ihr Leben beziehungsweise das meiner Familie nicht interessieren … wobei das ja eigentlich nicht so ist.

Oder doch?

Hmmm.

Meine Familie bleibt und ist einfach nur gedanklich so weit weg von mir. Ich will ihnen nichts Böses und es tut mir auch leid, wie ich zu ihnen bin. Aber irgendwie kann ich nicht anders – wie so eine Blockade. Hatte mich auch schon gefragt, ob ich es besser finden würde, wenn sie mich nicht täglich besuchen würden. Doch eigentlich bin ich froh, dass sie sich um die Behandlung kümmern und auch bei den Ärzten hinterher sind.

Eigentlich …

Eigentlich.

Und dennoch blende ich sie aus. Selbstschutz?

Fühle mich plötzlich schlecht, während ich immer noch auf die Nachricht schaue.

Warum schreibe ich ihr nicht einfach und frage nach, ob sie Zahnweh hat? Wäre doch eigentlich schnell getippt.

Da ist es wieder: *eigentlich*.

Ich kann nicht – bin blockiert.

Inzwischen ist David zurück – ohne Schaum im Gesicht – und offensichtlich sehr gut gelaunt.

„Ich sage nur: blitzblank." Er schleppt sich am Infusionsständer zurück ins Bett. Dabei fallen mir seine giftgrünen Socken in den schwarzen Adiletten auf.

„Und zwar überall!", setzt er nach. „Hoffentlich gibt das keine Pusteln … kennst du das, wenn man sich die Schamhaare nass rasiert, dass es dann am nächsten Tag so juckt und sich kleine Pusteln bilden?" Er stellt den Infusionsständer am Bett zurecht und lässt sich hineinfallen.

„Ich weiß, was du meinst. Daher hatte ich es auch nur einmal gemacht." Ich wende meinen Blick zu ihm.

„Na ja, mal sehen, wie es morgen ist. Findest du es blank oder gestutzt besser?"

„Gestutzt – gerade wegen der Pusteln bei kompletter Rasur … wobei sich die meisten bei uns komplett rasiert haben, was man gut im Schwimmunterricht sehen konnte … Achseln, unten rum …"

„Komplett finde ich momentan auch besser – übrigens auch bei Mädchen!" Er fährt sich mit seiner infusionsfreien Hand über die Wangen. „So schön glatt … Also ich bin bereit für den heutigen Tag!"

„Was hast du vor? Muss ich was wissen?"

„Was ich vorhabe? Falsche Frage. *Du* hast etwas vor! Ich bin bereit für *deinen* Tag!" Er grinst mich breit an.

„Ach so, ich verstehe. Und ich hatte gehofft, du hast es vergessen!"

„Niemals! Heute wird deine Zunge rausschnellen … wie das ein Chamäleon bei einer Grille macht." Er lacht laut auf. „Und zwar just in dem Moment, wenn Tanja ganz nah bei dir ist!"

„Ja, genau so!", sage ich kopfschüttelnd.

Mir ist bewusst, dass ich die Aktion heute machen muss und wohl nicht mehr drumherum komme. Shit! „Aber du willst jetzt Tanja nicht mit einer Grille vergleichen?"

„Nee, dich aber mit einem Chamäleon." Wieder lacht er. „Hab mal gelesen, dass ein Chamäleon seine Zunge in einer Hundertstel-Sekunde von null auf fast hundert km/h beschleunigen kann. Krass, oder?"

„O ja! Das schaffe ich auch mit meiner Zunge." Ich lasse kurz meine Zunge herausschnellen.

„Mega. *Dein* Tag, ich spüre das und hierfür sehe ich jetzt einfach geil aus. Zu einer Hochzeit kommt man ja auch nicht im Jogginganzug", stimmt er mit ein und lacht.

„Hochzeit? Welche Drogen hast du genommen? Die brauche ich auch! Dann spüre ich vielleicht das Gleiche!" Ich schließe kurz die Augen.

Na ja, Hauptsache, einer spürt es … aber ich spüre vor allem Unwohlsein – und das ausnahmsweise nicht von den Medikamenten, sondern von den Gedanken an die Kussaktion. Und exakt in diesem Moment – wie kann es anders sein – kommt Tanja zu uns ins Zimmer. Bei ihr wippt wieder der Pferdeschwanz im Takt ihrer Schritte. Bei mir scheint momentan gar nichts mehr im Takt zu sein, vielmehr „wippt" mein Magen, verbunden mit einem extrem flauen Gefühl, das ich so noch nicht kenne. Rieche bereits meinen Angstschweiß!

„Guten Morgen ihr zwei." Sie ist – wie immer – gut gelaunt und behandelt mich – so scheint es mir jedenfalls – ganz normal. Schon mal ein gutes Zeichen. Hoffentlich macht sie keine Andeutung bezüglich meiner gestrigen Aktion im Schwesternzimmer.

„Ich hole dich ab, David." Sie läuft zu ihm ans Bett und löst direkt die Bremsen.

„So stürmisch heute?" David grinst sie an, worauf sie nur kurz auflacht. Doch dann wird er ernst, als er merkt, dass Tanja ihn wirklich abholt und es nicht nur ein Scherz von ihr war: „Wieso das denn?"

„Ein MRT-Termin ist überraschend frei geworden. Frau Doktor Schneider meinte, dass wir dich vorziehen – dein Termin wäre ja sonst erst Ende der Woche." Sie hat alle Bremsen am Bett gelöst. Nun stöpselt sie die Infusionsflasche ab. David ist verdutzt, seine gute Stimmung schlagartig wie weggeblasen. Tanja merkt das sofort. „Sei froh, dann hast du den Termin wieder hinter dir", sagt sie sanft zu ihm. Er schluckt und schaut zu mir. Ich kenne seine Angst vor diesen Untersuchungsterminen – sie ist ähnlich wie meine. Ich bin immer froh, wenn wir sie hinter uns gebracht haben. Ich nicke ihm zu. Er räuspert sich kurz, scheint sich wieder zu fangen.

„Dann lass uns keine Zeit verlieren", sagt er lächelnd zu Tanja und in meine Richtung: „Warte mit dem Brunch nicht auf mich, bei uns wird es länger dauern." Und dann zurück zu Tanja: „Freu mich auf unsere Aufzugsfahrt ins Untergeschoss!"

„Ah, dann hat sich der Aufwand vorhin ja wenigstens gelohnt!", ziehe ich ihn auf und lächele.

„Pssst. Keine Details!" Er nickt zurück. Wir schauen uns für einen kurzen Moment in die Augen – keine Sprüche, keine lustigen Anspielungen mehr: *Bei der Untersuchung wird alles gut sein!* „Bitte keine weiteren Andeutungen!" Tanja lacht und schüttelt den Kopf.

„Bis gleich, Jonas." Sie schiebt David mit dem Bett aus dem Zimmer, wodurch unser Blickkontakt abrupt beendet wird. „Was für grelle Socken heute wieder", höre ich sie noch zu David sagen, bevor beide aus dem Zimmer sind.

Sehe noch seinen Blick vor mir, wie er mich gerade mit seinen haselnussbraunen Augen angeschaut hat. Er hat zwar versucht, vor Tanja locker zu sein, aber ich habe seine Anspannung gespürt. Eigentlich gut, dass er heute so überrumpelt wurde. Sonst hätte er vor allem die zwei, drei Nächte vor dem Termin wachgelegen und das MRT hätte wieder alles überlagert.

Wenn ich so darüber nachdenke, wäre es auch bei mir gut, wenn ich gar nicht wissen würde, welche Untersuchung wann ansteht. Dann fallen diese ganzen belastenden Gedanken, Ängste und Sorgen weg – wobei … ist es wirklich so? Ich weiß ja, dass diverse Untersuchungen immer wieder anstehen, sodass sie in meinem Kopf sind. Dann ist es vielleicht viel extremer, weil man ja jeden Moment damit rechnet, dass etwas eintritt, als wenn man eben weiß, an diesem oder jenem Tag findet etwas statt. Ach, scheiße. Das sind genau die Gedanken, die sich Kleinkinder in so einer Situation nicht machen können. Da ist die Welt „einfacher" und „freier" von all diesen mächtigen und lähmenden Gedankenkonstrukten. Bin jedenfalls froh, wenn er wieder zurück im Zimmer ist.

Ich hole mein Handy aus der Schublade und stecke mir die AirPods in die Ohren. Meine Wahl fällt schnell auf mein Karneval-Hit-Mix-Album.

Noch knapp drei Wochen, dann startet die Session am 11.11. – gerade läuft Querbeat mit „Nie mehr Fastelovend". Ich schließe kurz die Augen und summe nur leise mit, auch wenn ich den Text auswendig könnte.

Wie frei ich doch letztes Jahr am 11.11. war – eine Freiheit, die ich so nicht bewusst wahrgenommen oder gar geschätzt habe. Es war alles selbstverständlich. Gesund sein, keine Schmerzen haben – selbstverständlich. Ob ich damals den Moment mehr genossen hätte, wenn ich von meiner bevorstehenden Krebs-Diagnose gewusst hätte?

Was für eine absurde Frage. Hätte ich gewusst, dass ich Krebs bekomme, hätte ich doch mit Sicherheit gar nicht mehr feiern können und wollen.

Wie schnell sich alles ändern kann!

Mittlerweile läuft Kasalla „Mer sin eins" – mein Song aus der Nacht, oder besser: unser Song aus der Nacht!

Wie weit weg mir einerseits mein „Früher" vorkommt und dann aber auch doch wieder so nah, wobei diese Vertrautheit fehlt. Also klar, ich denke an letztes Jahr, denke an das gemeinsame Feiern mit meinen „früheren" Freunden, aber es fühlt sich seltsam an. Schwierig zu erklären. Es ist so, als gäbe es einen Jonas vor dem Krebs und jetzt einen Jonas mit dem Krebs und damit auch andere Gedanken, Verhaltensweisen, Sehnsüchte.

Ich bin enttäuscht von meinen „früheren" Freunden, die letztlich keine Freunde sind. Vielleicht können sie auch nicht mit der Situation umgehen oder haben gerade andere Sorgen und Probleme. Vielleicht sollte ich mich einfach bei ihnen melden … Aber will ich das überhaupt?

Ich merke doch jetzt schon, dass ich auf einer anderen Ebene bin, wir beidseitig anders geworden sind.

Warum hat es mich dann aber heute Nacht traurig gemacht?

Für einen Moment denke ich darüber nach, während gerade Brings mit „Polka, Polka, Polka" läuft. Meinen Blick lasse ich dabei auf das Bild mit dem gelben Dreieck und der blauen Kugel über der eingedellten Dreiecksspitze wandern. Versuche es jedoch nicht zu fixieren, sondern hindurchzuschauen.

Es ist vermutlich wirklich diese Unbeschwertheit, diese Freiheit, nach der ich mich sehne und die mich immer wieder traurig macht, weil ich das alles in meiner Situation nicht haben kann. Das Verlangen, diese Gefühle wieder zu spüren … das wird es vermutlich sein. Denke ich.

Ich lächele und schließe nun die Augen. Wie viele Gedanken ich mir schon gemacht, wie viele Fragen ich gestellt, Antworten gesucht, gefunden, verworfen habe. Das war „früher" auch anders. Da ging ich so fraglos durch die Welt, wenn man das so sagen kann. „Polka, Polka, Polka – Alles halv su schlimm, wenn mer zusamme sin."

Ich stocke. Wie das klingt: „Es ist so, als gäbe es einen Jonas vor dem Krebs und jetzt einen Jonas mit dem Krebs …" Wie sehr sehne ich mich nach einem Jonas nach dem Krebs!

Ich atme tief durch, habe das Gefühl, gleich kotzen zu müssen.

„Met ner Pappnas gebore dr Dom en dr Täsch, han mir uns jeschwore: Mer jon unsre Wääch" – nach Brings kommt der Karnevalssong schlechthin: „Viva Colonia" von den Höhnern. Doch bevor es zum Refrain kommt, gebe ich meinem Kotzdruck nach. Ich öffne die Augen und greife nach der Nierenschale. Richte mich etwas auf im Bett, um besser kotzen zu können, und schon überkommt mich das erste, gefolgt von einem zweiten und dritten Würgen. Willkommen im Aufzug, „Frau Luft“ und „Herr Galle“. „Da simmer dabei! Dat is prima! Viva Colonia! Wir lieben das Leben, die Liebe und die Lust …“ – ich kotze Galle in die Schale und versuche schnell, wieder normal zu atmen, um den Aufzug nicht weiter hoch- und runterfahren zu lassen. Lege mich dazu wieder flach hin, wobei ich die Schale auf meinem Brustkorb stehen lasse.

Und schon wieder erklingt der Refrain: „Da simmer dabei! Dat is prima! Viva Colonia! Wir lieben das Leben, die Liebe und die Lust …“ – könnte man eigentlich auch auf unsere Situation umtexten: Da simmer dabei! Dat ist prima! Viva Kotz-o-nia! Wir lieben das Kotzen, das Liegen und die Angst …

Ich schalte die Musik am Handy aus und nehme die Air-Pods heraus. Noch immer versuche ich, bewusst zu atmen, um keinen neuen Kotzreiz auszulösen. Ich sage nur: Viva Kotz-o-nia!

Ich spüre, wie mich eine Müdigkeit überkommt – immerhin besser, als kotzen zu müssen. Stelle die Nierenschale zurück auf den Nachttisch und drehe mich auf die Seite. Ich lege meinen Kopf neben das Kissen auf das Laken, um ganz flach liegen zu können und nicht mehr das Nachgeben des Kissens spüren zu müssen, in dem sonst mein Kopf einsinkt.

Ich hatte mal im Internet irgendwo zufällig ein Zitat von Heinrich Heine gelesen: „Der Schlaf ist doch die köstlichste Erfindung.“

„Früher“ hätte ich darüber gelacht und gesagt: Was für ein Scheiß! Seit ich im Krankenhaus bin, schätze ich den Schlaf und vor allem auch das Dösen – wenn man abtauchen und für einige Zeit alles vergessen kann, „nichts“ spürt, kein Kotzgefühl hat und demnach auch nicht kotzen muss! Natürlich nur vorausgesetzt, Albträume lassen einen in dieser Phase auch in Ruhe!

Ich atme tief ein und aus …

*

Ein Klappern weckt mich auf. Sofort schaue ich rüber zu David, aber er ist noch nicht zurück. Muss dann doch länger geschlafen haben – denn mein Blick auf das Display meines Handys verrät mir, dass mittlerweile knapp eineinhalb Stunden vorbei sind. Höre erneut ein Klappern und kurz darauf das Geräusch des Wasserhahns, der in unserem Bad betätigt wird. Ist David etwa im Bad? Aber warum steht sein Bett dann noch nicht hier? Meine Fragen werden zum Glück schnell beantwortet, weil Tanja aus dem Bad zu mir ans Bett kommt.

„Hab dir auf die Spiegelablage ein neues Mundwasser gestellt, das gegen Pilze ist. Bitte spüle damit täglich deinen Mund aus." Tanja schaut mich kurz an und geht mit der Nierenschale ins Bad. Gesäubert stellt sie mir diese zurück auf den Nachttisch.

„Wo bleibt David?", frage ich nach.

„Der wird bald zurück sein", antwortet sie wortkarg. „Darf ich das Fenster aufmachen? Hier ist echt schlechte Luft im Zimmer."

„Klar. David würde jetzt bestimmt mit Chicas argumentieren", sage ich lächelnd.

„Das sind dann aber nicht vierzig, sondern achtzig. Vierzig für jeden." Sie nickt mir zu und stellt das Fenster schräg. Es scheint, als hätte sie meine gestrige Aktion im Schwesternzimmer wirklich abgehakt. Aber ich muss die Chance nochmals ergreifen – alles oder nichts!

Ich nehme all meinen Mut – oder besser gesagt –, all meine Verzweiflung und Panik in die Hand und setze an: „Tanja, sorry noch mal wegen gestern."

„Schon okay!" Sie kommt zurück zu mir ans Bett und kontrolliert meine Infusion.

Doch noch ist gar nichts für mich okay. „Können wir nicht so tun, als ob?" Ich runzele die Stirn und schaue sie verzweifelt an.

„Wie stellst du dir das denn vor?", fragt sie kopfschüttelnd.

„David wird von mir verlangen, dass ich die Aktion heute durchziehe." Ich hole kurz Luft. „Das heißt, wenn du zu mir ans Bett kommst und mir zum Beispiel Essen bringst oder Wasser einschenkst, dann könnte ich dich nach einem Taschentuch fragen, mit dem du mir über den Mund putzen könntest." Wieder setze ich ab. Tanjas Blick fixiert mich. „Und just in dem Moment ziehe ich dich zu mir und will dir einen Kuss auf den Mund geben. Doch bevor das passiert, reißt du dich los. Und das war's!"

Tanja verzieht keine Miene.

Stille.

Warum sagt sie nichts?

Keine Regung ist in ihrem Gesicht.

„Bitte, Tanja. Ich weiß, es ist eine saublöde Wette, aber David wird mir das sonst ewig vorhalten. Und es passiert ja auch nichts. Aber damit hätte ich versucht, meine Wettschuld einzulösen." Ich mache einen verzweifelten Gesichtsausdruck. „Bitte", setze ich leise nach.

Tanja zieht die Augenbrauen hoch, ohne etwas zu sagen.

„Bitte", wiederhole ich eindringlich, wie ein kleiner winselnder Pisser. Es ist echt extrem peinlich, das Peinlichste, was ich bis jetzt gemacht habe.

Und was macht Tanja?

Nichts.

Sie lässt mich zappeln, dreht sich einfach nur „domina-like" um. Ihr Pferdeschwanz wippt bei jedem Schritt.

„Tanja?", rufe ich ihr noch hinterher. „Dann sag es bitte wenigstens niemandem." Doch auch darauf erhalte ich keine Antwort. Höre nur noch die Tür ins Schloss fallen.

Das war's dann wohl endgültig. Habe es sowohl bei Tanja als auch bei David verkackt. Und vielleicht bewahrheiten sich auch meine Befürchtungen und sie erzählt es im Kollegenkreis und meinen Eltern.

Oh, fuck!

Jetzt sitze ich wieder in meinem mir bekannten und dennoch verhassten Gedankenkarussell fest und drehe mich eine Runde nach der anderen im Kreis. Bis zum Erbrechen – im wahrsten Sinne des Wortes. Höre dabei immer wieder die typischen Animationen der Kirmesansager: *Einsteigen, hinsetzen, die Bügel schließen. Die Fahrt beginnt bis ganz nach oben. Und ab geht's, los geht's, jippieh, heeey, come on. Jawoll – woll – woll! Huuup! Und weiter, immer weiter. Super, whooow! Noch eine Stufe schneller. Yeeeaaahhh …*

Mein Problem: Bei mir lassen sich die Bügel nicht mehr öffnen.

Frustriert greife ich zu meinem Handy, stöpsele die AirPods in meine Ohren, wähle den Ordner mit der Karnevalsmusik aus und schließe die Augen. Auf Cat Ballou ist Verlass: „Et jitt kei Wood, dat sage künnt, wat ich föhl" gibt die Karnevalsband zum Besten. Und wie recht sie haben: Es gibt kein Wort, das sagen könnte, was ich momentan fühle. Es ist jedenfalls nicht – wie Cat Ballou singt – „wann ich an Kölle denk", sondern wenn ich an den ganzen Kack denke, den ich mir eingebrockt und wie ich es letztlich versaut habe.

Wenn ich mich nur wieder in den Schlaf flüchten könnte … einschlafen, wegdösen – alles ausschalten.

Ich drehe die Lautstärke der Musik auf ein Minimum runter, sodass ich sie gerade noch ganz leise wahrnehmen kann. Lege mich wieder seitlich in die Schlafposition. Ich beginne, Schafe zu zählen und mich darauf zu konzentrieren. Alle anderen Gedanken sollen dadurch verdrängt werden. Vielleicht gelingt es mir, durch das monotone Zählen wieder in den Schlaf – *die köstlichste Erfindung* – zurückzufinden …

*

„Schalalalala … Schalalalala … Schalalalala … us dä Stadt mit K!"

Der Song bringt mich zurück ins Hier und Jetzt. Ich öffne die Augen, bin noch etwas vernebelt, doch bei „Stadt met K" von Kasalla kann man auch wirklich nicht mehr schlafen. Da muss man springen und grölen!

Eigentlich.

Ich greife nach meinem Handy und bin erstaunt, dass schon wieder über eine Stunde vorbeigegangen ist. Ich will Kasalla lauter stellen, doch sehe plötzlich aus meinem Augenwinkel eine Bewegung rechts neben mir. Erschrocken schaue ich rüber.

David ist zurück!

Sofort stelle ich die Musik aus und nehme die AirPods heraus.

„Bin auf unser Karnevalfeiern vorbereitet", sage ich gut gelaunt zu David. „Hab jetzt die ganze Zeit einen Song nach dem anderen gehört – selbst im Schlaf. Bin nämlich zweimal eingepennt."

„Schön", antwortet er knapp, ohne mich anzuschauen. Ich merke sofort, dass etwas nicht stimmt.

„Was ist los?", frage ich besorgt nach. Doch David reagiert erst einmal nicht. Ich beobachte ihn, nur unser Atmen ist zu hören. Ich bohre nicht nach, auch wenn es mir schwerfällt.

Ist etwas bei seiner MRT-Untersuchung herausgekommen? Ein Gedanke, der unmittelbar in mir hochkommt. Da wird doch hoffentlich nichts sein.

Nein!

Stopp!

Schnell die Gedanken wegdrängen. Will das gar nicht in mir aufkommen lassen. Es ist alles in Ordnung. Es muss alles in Ordnung sein!

Oh, Mann … gerade hab ich mir noch ins Hemd gemacht wegen der ganzen Tanja-Wetteinsatz-Geschichte, mich dann mit Karnevalsmusik vollgedröhnt und jetzt beherrscht mich nur noch ein Gedanke: Was ist mit David?

Das allein ist wirklich wichtig, das ganze andere Zeug doch Kinderkacke. Ich ärgere mich, mich überhaupt damit so beschäftigt zu haben und dass es mich so runtergezogen hat. Das ist es doch alles nicht wert – vor allem in Anbetracht der jetzigen Situation. Aber auch hier gilt, was ich schon mal gesagt habe: Man realisiert erst die Situation, wenn man in einer anderen, misslicheren Situation ist.

Absurd!

Ich hoffe so sehr, dass bei ihm nichts ist. Da ist die Kussaktion ein Klacks. Würde ich sofort machen, wenn ich die Gewissheit hätte, dass bei ihm alles in Ordnung ist.

Ich habe Angst.

Tanja kommt zu uns ins Zimmer und geht direkt zu David.

„Soll ich deine Mutter anrufen?“ Sie schaut ihn an, doch er schüttelt nur den Kopf. Ich stelle den Blickkontakt zu ihr her. Doch sie zieht nur die Augenbrauen hoch und presst die Lippen zusammen. Es ist ein anderes Augenbrauen-Hochziehen als vorhin.

Hat sie etwa gerade leicht den Kopf geschüttelt?

Ihn gesenkt?

Ihre Stirn gerunzelt?

Wie gerne würde ich sie fragen, aber ich halte mich zurück. Mein Blick verfolgt sie, versucht alles zu analysieren, selbst ihr Pferdeschwanz scheint anders zu wippen als sonst – strange. Ich kann sie nicht mehr sehen und höre nur noch, wie sie die Tür zuzieht.

Also doch.

Es muss irgendetwas bei der Untersuchung herausgekommen sein. Ich fühle mich, als würde es mir die Luft abschnüren.

Ich werfe noch mal einen Blick zu ihm. Er starrt nach wie vor an die Decke, keine Regung. Ich will nicht, dass er sich durch meinen Blick bedrängt fühlt, und schaue nun auch an die verfickte weiße Decke.

Spüre schlagartig eine Leere in mir aufkommen und gleichzeitig diese Ohnmacht, die mit am schlimmsten ist, weil sie einem verdeutlicht, wie machtlos man eigentlich ist. Der eine oder andere würde jetzt vielleicht sagen, dass man nie machtlos ist, weil man immer selbst entscheiden kann, was man zumindest denkt und wie man damit umgeht.

Ich sehe das anders. Es gibt einfach Zustände, in denen man machtlos und handlungsunfähig ist, man eben nichts machen kann, weil man ausgeknockt am Boden liegt. In der Theorie hört sich vieles einfacher an, aber wenn man dann wirklich in der Situation ist und eben keine Kraft hat, etwas zu machen, dann realisiert man, dass es diese Zustände gibt.

Kraftlos und müde – ein Zustand, den ich seit meiner Chemotherapie schon oft verspürt habe.

„Die haben etwas entdeckt“, höre ich David plötzlich leise sagen. Ich löse meinen Blick von der mir verhassten weißen Decke und schaue ihn an. „Etwas“, wiederholt er schleppend. Für einen Moment kann ich gar nicht reagieren. „Weißt du, was das heißt?“, spricht er leise weiter und ohne eine Antwort von mir abzuwarten, fährt er fort: „Vermutlich muss mir auch noch der zweite Hoden entfernt werden. Aber auch im Becken scheint etwas …“ Er bricht ab.

„Fuck!“ Ich will noch etwas sagen, bekomme aber keinen Ton heraus.

„Das war immer meine größte Angst.“ Er beißt sich auf die Lippen. Ich sehe, wie Tränen an seinen Wangen herunterkullern, während er nach wie vor die Decke fixiert.

„Ich weiß“, sage ich leise, selbst den Tränen nahe. Gerade noch „Schalalalala“ in den Ohren und jetzt Vakuum.

Ohne groß zu überlegen, rappele ich mich auf und ziehe mich an meinem Infusionsständer hoch. Auch wenn sich alles bei mir dreht, mein Kreislauf im Keller ist, setze ich einen Schritt vor den anderen, festgeklammert an meinem Infusionsständer, rüber zu David.

Ich setze mich neben ihn auf sein Bett. Nach wie vor bahnen sich Tränen den Weg aus seinen Augen an den Wangen entlang Richtung Hals. Wie er sich heute Morgen noch über die glatt rasierten Wangen gefreut hat … und jetzt das!

Ich greife nach einem Taschentuch und lege es ihm auf den zugedeckten Oberkörper. Streichele mit meiner infusionsfreien Hand über seine Schulter. Er beginnt zu schluchzen und noch mehr Tränen kullern aus seinen Augen.

In diesem Moment gibt es einfach keine Worte – weder Worte des Trostes noch des Mutes oder gar der Stärke.

Wie ich ihn da so liegen sehe, verschwimmt mein Blick. Auch ich spüre an meinen Wangen Tränen hinabfließen. Immer wieder schluchzt er leise. Habe das Gefühl, mich hinlegen zu müssen, weil sich mein Karussell noch schneller dreht und ich gleich kotzen muss.

David schaut mich an, fährt sich mit der Hand über seine Wangen. Auch ich wische mir meine Tränen mit der Handfläche weg. Er nickt mir leicht zu und auch ich nicke leicht. Es ist alles so unfassbar traurig – nicht in Worten zu beschreiben.

Er rutscht etwas zur Seite, um mir mehr Platz zu machen. Ich lege mich neben ihn, schlüpfe unter seine Decke. Bin froh, nun flach liegen zu können. Hätte es nicht mehr länger geschafft, aufrecht zu sitzen.

So liegen wir eng beieinander. Mein linker infusionsfreier Arm berührt seine rechte Körperseite. Spüre unter der Decke seine Körperwärme – spüre die Vertrautheit. Ich greife mit meiner linken Hand nach seiner und halte sie fest – abgelegt auf seinem Bauch, der sich mit jedem Atemzug hoch- und runterbewegt.

Ich drücke sie ganz leicht. Wie zart sie doch ist mit den dünnen Fingern. Nach einem Moment erwidert er mit leichtem Druck, während wir an die weiße Decke starren.

Er hat mittlerweile aufgehört zu weinen und zu schluchzen. Und auch ich habe mich wieder gefangen – müsste mir jetzt eigentlich die Nase putzen. Aber egal.

Diesen Moment werde ich nicht mehr vergessen. Alles, was bis vorhin war und über was wir uns unterhalten und geflachst haben, ist jetzt plötzlich gegenstandslos.

*

Ich kann nicht schlafen. Ein Blick auf mein Handy verrät mir die Uhrzeit: Kurz nach zwei Uhr. David hat vorhin nicht mehr gesprochen, nichts gegessen und auch bei seiner Mutter nicht reagiert. Er hatte zwar häufig die Augen geschlossen, aber ich weiß, dass er nicht geschlafen hat. Sich schlafend stellen ist eine gute Methode, um in Ruhe gelassen zu werden. Eine Methode, die auch ich mittlerweile perfektioniert habe.

Die Nachricht von Davids Zustand heute war echt heftig und hat alles andere in den Schatten gestellt. Wie er da im Bett lag und geweint hat. So habe ich ihn noch nicht erlebt. Er sah innerlich zerbrochen aus. Ich ziehe leise die Nase hoch, merke, wie mein Blick schon wieder verschwimmt.

Tanja ging das Ganze auch nah – vor allem, als sie mich bei David im Bett liegend vorgefunden hat. Sie weiß ja, wie eng wir miteinander sind. Da wurde auch ihr Blick glasig. Sie hat nichts gesagt, doch ich bat sie, mir zu helfen, wieder in mein Bett zu kommen, dabei hatte ich bei David liegen bleiben wollen.

Warum bin ich dann doch wieder aufgestanden?

Nicht, dass die anderen denken … Ich stoppe selbst meinen Gedanken. Bescheuert, dass mir das in so einer Situation in den Kopf kommt, was wiederum andere über uns, über mich denken und es dann falsch verstehen hätten können. Ist doch eigentlich scheißegal. Brokeback-Mountain-Assoziationen hin oder her. David und ich wissen es doch besser, da ist die Wahrnehmung der anderen zweitrangig. Vor allem, wenn ich mir das jetzt so durch den Kopf gehen lasse. Immer diese Außenwirkung: Wer könnte was denken? Als ich noch zur Schule ging, war das ständig ein Thema, seit meiner Krebserkrankung ist es nicht mehr ganz so krass, aber dennoch irgendwie vorhanden.

Warum ist es mir wichtig, was eine Tanja oder auch Davids oder meine Mutter über mich denken, wenn sie mich bei David im Bett liegen sehen?

Ist doch nicht verboten und ich muss mich dafür auch nicht rechtfertigen. Denn ich wäre ja gerne bei ihm liegen geblieben … und das ist das eigentlich Krasse. Ich verhalte mich anders, als ich mich eigentlich gerne verhalten würde – nur damit andere nichts „Falsches“ denken. Absurd. Bin über mich selbst enttäuscht und sitze damit wieder „gefesselt“ in meinem Gedankenkarussell! Bis es hell wird, lassen sich viele Runden drehen: *Einsteigen, hinsetzen, die Bügel schließen. Und ab geht's, los geht's, jippieh, heeey …*

„Hast du Angst vor dem Sterben?“ Davids Stimme lässt mein Karussell abrupt anhalten.

„Ja“, antworte ich, ohne irritiert zu sein, so eine Frage mitten in der Nacht gestellt zu bekommen. „Und du?“

„Ich denke jetzt schon länger darüber nach, aber ich hab echt keine Angst davor.“ Seine Stimme klingt gefasst. „Angst hab ich vielmehr vor den Schmerzen.“

„Und nicht auch davor, ob und was danach kommen könnte?“, frage ich nach.

„Nee. Hoffe nur, dass es danach auch wirklich zu Ende ist. Also an Wiedergeburt oder Ähnliches, da glaub ich nicht dran. Stell dir vor, du würdest wieder auf die Welt kommen und müsstest dann nochmals solche Krankheiten durchmachen.“

„Möchte ich mir lieber nicht vorstellen. Glaube aber auch nicht daran.“ Unwillkürlich muss ich an eine Dokumentation denken, die ich vor meiner Erkrankung zufällig im TV gesehen hatte.

Es war zwar nur ein Ausschnitt, aber der ging mir echt unter die Haut. Bei der Doku wurde eine Frau begleitet, die Brustkrebs hatte. OP, Chemo, das ganze Programm. Die Frau war vielleicht Anfang dreißig, so genau weiß ich es, ehrlich gesagt, nicht mehr. Kann mich nur noch daran erinnern, dass sie auch eine kleine Tochter hatte. Sie war so positiv und voller Lebensfreude und dann kam die Nachkontrolluntersuchung – eigentlich für sie Routine.

Als das Ergebnis am Telefon mitgeteilt wurde, war die Kamera auf sie gerichtet. Sie wurde ganz still und plötzlich begann sie zu weinen – ohne dass man Genaueres vom Gespräch erfahren hatte. Sie legte schließlich den Hörer auf und ließ sich am Türrahmen auf den Boden gleiten. Es folgte ein Schnitt und die Zuschauer erfuhren, dass sie vom Arzt gesagt bekommen hatte, dass sie einen Rückfall hatte und Metastasen festgestellt wurden. Neue OP und neue Chemo mussten dringend erfolgen.

Ich hatte damals den Fernseher ausgeschaltet, wollte mich damit nicht weiter befassen. Dachte nur, wie ungerecht alles ist. Ich meine, da ist sie durch die ganze Krebs-Scheiße gegangen und war wieder gesund und schwupps, bekam sie eine neue Packung ab und wurde zurück in die Scheiße geschleudert. Mit all den Sorgen und Ängsten. So wie jetzt bei David. Nur kann und möchte ich hier jetzt nicht den Fernseher einfach ausschalten.

„Aber die Schmerzen machen mir echt große Angst. Wenn man doch einfach einschlafen könnte", wiederholt er sich.

„Diese verdammte Angst! Angst vor den Schmerzen, Angst vor den Untersuchungsergebnissen. Und dann immer dieses Warten darauf. So wie jetzt auch bei dir, was genau wo ist."

„Aber der Unterschied ist, dass ich jetzt schon weiß, dass da etwas ist – die Hoffnung auf Alles-in-Ordnung dahin!"

„Ja", sage ich leise und spüre wieder die extreme Traurigkeit, die mich seit heute Mittag umgibt.

„Weißt du, wie du bestattet werden möchtest?", fragt er weiter nach.

„Möchte verbrannt werden. Die Vorstellung, im Sarg von Würmern angefressen zu werden und langsam zu verfallen, das ist nichts für mich."

„Sehe ich ähnlich, wobei ich gerne auf einen Waldfriedhof möchte. Also da gibt es diesen Friedwald in Lohmar. Kennst du den?"

„Hab ich bis jetzt nichts von gehört. Was genau ist das?"

„Das ist ein spezielles Waldgebiet mit verschiedenen Baumarten, unter denen eine Beerdigung stattfinden kann. Da kommt dann nur eine kleine Plakette an den ausgesuchten Baum und fertig. Kein Grab oder so." David hält inne.

„Hört sich gut an!"

„Ich war da mal und fand es dort total schön. So ruhig, so magisch. Also gar kein Friedhofsgefühl."

„Unter welchen Baum würdest du wollen?"

„Unter einen Ahornbaum. Dort gibt es viele davon."

„Wie kommst du darauf?"

„Ich liebe die Form der Blätter. Und hast du schon mal gesehen, wie die Flügel, in denen sich die Samen befinden, beim Herunterfallen rotieren, sodass sie ganz langsam absinken? Das finde ich total cool anzuschauen."

„Ich weiß, was du meinst." Ich befeuchte meine Lippen mit der Zunge.

„Hab mir die Flügel als Kind öfter zum Spaß auf die Nase geklebt." David atmet tief ein und fährt fort: „Ich hab mir heute auch überlegt, es gar nicht wissen zu wollen, was da genau in welchem Ausmaß wieder bei mir ist."

„Aber warum?", hake ich direkt nach.

„Weil es keinen Unterschied macht."

„Doch, natürlich! Weil du nur dann auch entsprechend dagegen vorgehen kannst." Ich schaue zu ihm rüber. Auch wenn es dunkel im Zimmer ist, kann ich ihn im Bett durch das einfallende Mondlicht erkennen.

„Ich habe aber keine Kraft mehr dazu, verstehst du?" Seine Stimme klingt resigniert.

„Verstehen kann ich das, aber …" Doch er lässt mich meinen Satz nicht zu Ende sprechen.

„Es gibt kein Aber!"

„Okay, es gibt kein Aber, aber es gibt mich", fahre ich fort, „auch wenn sich das jetzt kitschig anhören mag!"

David entgegnet nichts, meine Worte scheinen ihn für einen Moment zu irritieren.

„Du weißt, das Ganze mit Mut-Zusprechen und Kämpfen und all die salbungsvollen Worte kann ich auch nicht ausstehen. Und das soll jetzt auch nicht in diese Richtung klingen. Aber ich hoffe, du weißt, wie wichtig du mir bist und wie sehr ich dich brauche." Ich nehme einen Schluck Wasser, weil mein Mund plötzlich so trocken ist und mich beim Sprechen blockiert. „Bitte gib dich jetzt nicht auf, auch wenn das Ergebnis so erdrückend ist und ich deine Gedanken so gut nachempfinden kann, aber weißt du, wenn ich dich nicht kennengelernt hätte, ich glaube, ich würde heute so in der Form hier nicht mehr liegen." Wieder muss ich absetzen, meinen Mund mit einem Schluck Wasser befeuchten.

Nach wie vor schweigt er. Höre nur sein Atmen.

„Weißt du noch, wie du zu mir ans Bett gekommen bist, als ich am Anfang meiner Krankenhauszeit nachts den Zusammenbruch hatte?“ Ich warte einen Moment, ehe ich weitersprecher: „Da hatten wir so noch gar keinen Kontakt und dennoch bist du zu mir gekommen.“

„Ich weiß“, sagt er leise, „wie könnte ich unsere Zeit vergessen.“

Für einige Minuten schweigen wir, ohne den Drang zu haben, weiterzusprechen.

„Malibu“, sagt er plötzlich mit leiser Stimme.

„Genau! Unsere Malibu-Reise“, fahre ich fort. „Ich will die mit dir machen. Verstehst du?“ Meine Stimme wird brüchig, „und zwar nur mit dir!“ Ich atme tief durch, will jetzt nicht zu weinen beginnen.

Wieder vergehen einige Minuten der nächtlichen Stille, bis ich das Wort ergreife: „Lass uns jetzt zusammen hinfliegen und einfach nur am Strand sitzen, den Wellen zuschauen und zuhören, wie sie brechen und auf dem Sand auslaufen. Okay?“

David wartet ab, ich höre nur ein leises, nicht richtig zu deutendes „Hmmm“ von ihm. „Ist doch aber jetzt zu kalt“, spricht er mit gedämpfter Stimme weiter.

„Ich hab für Decken gesorgt“, entgegne ich schnell.

„Du bist lieb und …“ Er setzt kurz ab, „deine Worte finde ich nicht kitschig.“ Höre, wie er schluckt.

„Okay, dann lass uns jetzt fliegen!“, fordere ich ihn auf. „Schnell und direkt!“

*

Ich setze mich ganz nah zu David auf die Decke an den nächtlichen Strand von Malibu. Kein Mensch ist zu sehen – selbstverständlich sind auch die Rettungsschwimmertürme geschlossen.

Eine Welle nach der anderen kommt schräg am Strand auf und bricht. Ein schönes Geräusch. Ohne zu sprechen, sitzen wir nebeneinander, spüren unsere Körperwärme, während wir auf das Meer schauen.

„Hast du Lust, dass wir morgen zusammen surfen?“, frage ich ihn schließlich.

„Warum erst morgen?“ Er schaut mich von der Seite an. „Lass uns das jetzt machen!“

Ich lächele. Er hat recht. Man sollte nicht immer so viel verschieben, sondern es vielmehr öfter direkt auch umsetzen. Im Hier und Jetzt!

Kurzerhand dreht er sich um und zieht zwei Surfbretter heran, die im Sand für uns bereitliegen.

„Wir dürfen aber nicht ins Meer fallen, weil uns keine geile Rettungsschwimmerin rausziehen könnte.“ Ich kneife ihn in die Seite und grinse.

„Wir sind doch Wellenreiter-Experten!“ Er nickt mir zu und zieht sich rasch bis auf die Boxershorts und auf die Socken aus. Ich schaue ihn an. Gerade ist er dabei, seine grellen, heute türkisfarbenen Socken auszuziehen – erst den linken, dann den rechten. Fertig. In seiner rot-weiß-karierten, etwas weiteren Shorts steht er nun da und auch die zieht er sich rasch runter. Noch immer betrachte ich ihn – unmittelbar senkt sich mein Blick auf seinen Schwanz. Er dreht sich zur Seite, um nach einer olivgrünen Schwimmshorts zu greifen. Ich wundere mich, dass es gar nicht sofort auffällt, dass er nur einen Hoden hat. Finde ich aber, ehrlich gesagt, auch gar nicht wichtig und beachtenswert.

Er dreht sich mit der Schwimmshorts in der Hand um, hat meinen fixierten Blick bemerkt. Schnell wende ich mich ertappt ab und beginne auch, mich auszuziehen.

„Kann verstehen, dass du bei meinem Anblick Komplexe hast.“ Er schüttelt kurz den Kopf und zieht die Schwimmshorts an. „Beeil dich, solange es noch dunkel ist und keiner am Strand!“

Ich nicke ihm zu und entledige mich flink meiner Klamotten. Er sieht echt gut aus in der olivgrünen Shorts. Ähm … Während ich in meine hellblaue mit dunkelblauen und weißen Klecksen marmorierten Schwimmshorts steige, wundere ich mich, warum mich mein Blick auf Davids nackten Körper so in Verlegenheit bringt und ich ihn auch mit der Shorts genauer anschaue.

Jetzt ist es David, der mich betrachtet und damit noch weiter irritiert. Fühle mich seltsamerweise wieder irgendwie ertappt.

„Wie lange brauchst du denn, bis du fertig bist?“, fragt er mich kopfschüttelnd. „Wer zuerst eine Welle reitet!“ Er spurtet mit dem Brett unter dem Arm los Richtung Meer. Und ich hinterher!

*

Ich schleppe mich am Infusionsständer ins Bad, um mir die Zähne zu putzen. Dann werde ich auch direkt die Mundspülung gegen Pilzbefall benutzen, obwohl ich davon immer direkt kotzen muss. Zu widerlich ist der Geschmack!

Ich schaue kurz zu David – unsere Blicke treffen sich.

„Loser!“, sagt er nur knapp zu mir.

„Wie bitte?“ Ich bleibe stehen und halte den Blickkontakt.

„Na, mit Wellenreiten hatte das heute Nacht bei dir nicht viel zu tun.“ Er schnalzt mit der Zunge.

„Ach so.“ Ich muss grinsen. „Gegen einen Surf-Experten, wie du es bist, hab ich eben keine Chance – und außerdem war meine Schwimmshorts zu weit!“

„Deine Einsicht find ich gut – und na klar, das lag an deiner extrem weiten Shorts!“ Er nickt mir zu.

„Spinner“, fauche ich gespielt zurück und setze meinen Gang Richtung Bad fort.

Ich bin froh, dass ich ihn heute Nacht erst einmal aus diesem Tief herausholen konnte – zumindest hoffe ich das. Ich glaube nicht, dass er mir etwas vormachen würde, und er weiß auch, dass er vor mir nicht stark sein muss und über alles reden kann. Ein Gefühl, das ich selbst gegenüber „Gesunden“ oder auch gegenüber meiner Familie nicht habe. Die wären mit Sicherheit schockiert über unser normales Bestattungsgespräch gewesen und hätten es direkt abgetan, dass man sich doch darüber keine Gedanken machen sollte, weil alles wieder gut wird!

Ich schalte das Licht im Bad an und betrachte einen Moment mein Gesicht im Spiegel. Mein nächtliches Wellenreiten hat doch sichtbar Spuren hinterlassen. Sehe fertig aus – meine Augenringe sind deutlich dunkler als sonst.

Ich beginne, die Zähne zu putzen, und verspüre bereits ein leichtes Kotzgefühl. Aber ich will heute dagegen ankämpfen und den Aufzug erst mal nicht gewähren lassen.

Heute nicht!

Mein Blick wandert zur Mundspülung. Vielleicht sollte ich heute Morgen ausnahmsweise doch darauf verzichten, sonst ist mein Vorhaben schnell gebrochen.

Zweimal mit Wasser ausgeschwenkt und Zahnpasta ins Waschbecken gespuckt. Fertig. Wieder schaue ich mich im Spiegel an. Wie anders das Bild doch ist, wenn man keine Haare, keine Augenbrauen und Wimpern hat. Und doch ist etwas Flaum über meiner Oberlippe zu sehen und auch an meinem Kinn. Ob ich mich kurz rasieren soll?

Ich ziehe mein T-Shirt hoch und betrachte meinen Oberkörper. Kein Haar ist zu sehen, also weder auf der Brust noch auf dem Bauch. Es folgt ein kurzer Blick in meine Boxershorts: Seltsamerweise sind aber Schamhaare bei mir vorhanden, die auch irgendwie nicht ausfallen. Könnte ich eigentlich mal wieder abrasieren oder stutzen. Ich lasse das Gummi der Boxershorts los und mustere erneut mein Gesicht im Spiegel. Wie lange stand ich doch „früher" vor der Schule immer vor dem Spiegel!

Mir wird schlecht. Nein, will jetzt nicht kotzen! Ich wende mich ab und gehe langsam zurück zu meinem Bett. Meinen Infusionsständer schiebe ich vor mir her.

„Das hat aber lange gedauert", empfängt mich David.

„Hatte überlegt, ob ich mich rasieren soll." Ich stelle den Infusionsständer zu meinem Nachttisch und setze mich auf das Bett.

„Und wieso hast du es nicht gemacht?"

„Keine Lust gehabt – mache ich dann mal komplett die Tage." Schnell habe ich mich wieder hingelegt. „Hast du eigentlich Pusteln nach deiner Rasur unten herum bekommen?" Ich ziehe die Decke bis zum Hals. David ist gerade dabei, in die Nierenschale zu kotzen.

„Nee, aber es juckt voll krass." Er stellt die Nierenschale grinsend auf seinen Nachttisch.

„Dann korrigiere ich meine Aussage: nicht komplett, sondern ich stutze nur, wobei ich am Sack dieses Mal vorsichtiger bin. Da hatte ich mich neulich geschnitten und es hat tierisch geblutet." Ich hole tief Luft.

„Bei mir wird da bald nicht mehr viel sein."

„Wie meinst du das?" Ich schaue zu David rüber.

„Na, wenn mein zweiter Hoden auch noch entfernt wird." Er schluckt kurz. „Es gibt zwar Hodenprothesen, dass der Sack nicht leer ist." Er stockt. „Aber vieles bleibt dennoch auf der Strecke, also ich sage nur Testosteron und …" Er bricht wieder ab, ist den Tränen nahe. „Ich will das Ergebnis heute echt nicht hören!", sagt er schluchzend.

„Soll ich dabei sein?", frage ich vorsichtig nach.

Er zuckt kurz mit den Schultern.

„Also nur, wenn du magst. Kannst es dir ja überlegen." Ich nicke ihm zu. „Danke", höre ich ihn leise sagen.

Da er nichts weiter sagt, möchte ich ihn auch nicht mit meinen Worten bedrängen. Habe das Gefühl, dass er gerade Ruhe und Zeit für sich braucht. Man kann ja auch nicht immer alles bereden oder nach Alternativen suchen oder diese darlegen. Manchmal hilft nur eines: Schweigen. Und ich bin mir sicher, er spürt, dass ich mit ihm verbunden bin und er jederzeit zu mir kommen kann. Auch das gilt es auszuhalten – und das habe ich erst mit dem Krebs erfahren und gelernt. Einfach auch mal stundenlang im Bett zu liegen, ohne Handy, ohne Geräuschkulisse, ohne TV, ohne Buch – ohne Ablenkung. Nur daliegen. Nichtstun – außer atmen. Und schweigen. Zeit wird dann so gegenstandslos – so gleichgültig.

Ich greife aber jetzt doch zu meinem Handy und beginne zu googeln, was es heißt, beide Hoden zu verlieren, und wie diese Prothesen eigentlich aussehen. Denn das lässt mich nicht los.

Schnell werden mir verschiedene Fotos von Hodenimplantaten angezeigt. Die meisten sind durchsichtig, haben unterschiedliche Größen und sind aus Silikon. Sie sollen sich auch so wie gesunde Hoden anfühlen. Ich klicke auf eine Seite: *Der Verlust eines Hodens bedeutet insbesondere für einen jungen Mann eine erhebliche seelische Belastung* … Ich klicke weiter und lese auf einer anderen Seite, dass sich bei den Hodenprothesen im Langzeitverlauf keine wesentlichen Komplikationen ergaben, sie also nicht frühzeitig entfernt werden mussten. Und auf wiederum einer anderen Webseite lese ich von Hodenvergrößerungen. Häh?

Tatsächlich! Es geht hier um die Vergrößerung des Hodensacks mit neuen halbmondförmigen Prothesen, die laut dem Urologen „einen neuen Blick auf das Organ ermöglichen, ohne das Gefühl zu haben, überzählige Hoden zu besitzen."

Das ist ja krass. Ist vergleichbar mit Brustimplantaten bei Frauen. Wäre nie auf die Idee gekommen, dass es so etwas gibt – ob man jetzt kleine, mittlere oder große Eier im Sack hat, ist doch wurscht. Allerdings kann ich sofort verstehen, wenn einem ein oder beide Hoden entfernt werden, dass man eine entsprechende Prothese haben möchte.

Von Komplexen aufgrund kleiner Hoden hatte ich vorher noch nie gehört oder gelesen, immer nur wegen eines kleinen Schwanzes. Das kann ich sofort nachvollziehen. Aber die Hodengröße … Hmmm. Was es nicht alles gibt. Aber gut, wie fortschrittlich die Medizin ist und Abhilfe geschaffen werden kann, wenn jemand wirklich seelische Probleme davon hat.

Wenn ich jetzt so darüber nachdenke, spielten die Hoden bei mir nie eine Rolle. Also auch im Schulschwimmen in der Umkleidekabine hatte ich weniger auf den Hodensack, sondern vielmehr auf den Schwanz geschaut und da natürlich die Größe verglichen. Aber Hodenvergleiche? Nee.

Ich klicke weiter und lese unwillkürlich auf einer anderen Page über Hodenprothesen auch Ausführungen zum Hodenkrebs, der auch Hodenkarzinom genannt wird: *In seltenen Fällen entwickeln sich Krebszellen in beiden Hoden* … Ich halte inne. Statistik hin oder her. Bei David sind es beide und das ist scheiße. Ich lege mein Handy beiseite, will mich nicht weiter durchklicken und mir die ganzen Auswirkungen, die damit verbunden sind, durchlesen. Habe schon wieder ein Kotzgefühl, das mich dazu zwingt nachzugeben. Ich greife nach der Nierenschale, muss erst ein paarmal würgen, bis ich schließlich Galle erbrechen kann. Und dann kotze ich auch noch Blut. Wische mir mit einem Taschentuch den Mund ab und stelle die Schale zurück auf den Nachttisch. Für meine Verhältnisse habe ich heute noch nicht so viel kotzen müssen wie sonst.

Ich drehe mich zu David, der starr an die Decke blickt.

Was in ihm wohl gerade vor sich geht?

Würde ihn aus dieser ganzen Scheiße so gerne herausholen und alles dafür geben, wenn ich es könnte. Er spielt heute nicht einmal mehr sein Lieblingsspiel „Quizduell".

Mein Handy vibriert – eine Nachricht meiner Mutter: *Hallo, mein Schatz, brauchst du denn heute etwas? Dann würde ich es kurz besorgen, bevor ich wieder zu dir komme. Eine große Umarmung. Kuss.*

Das, was ich brauche, kann sie leider nicht besorgen. Ich kann echt nur hoffen, dass die finale Diagnose nachher bei David nicht so extrem wird, wie er sie befürchtet. Wenn meine Hoffnung eintritt, hätte ich alles, was ich brauche.

Ich betrachte weiter die Nachricht. Wobei ... Sie könnte mir doch etwas besorgen. Denn David wird angesichts seiner Situation seiner Mutter nicht gesagt haben, dass sie für uns die Rettungsschwimmer-Kostüme kaufen soll. Das könnte meine Mutter doch für uns machen – auch wenn ihm mit Sicherheit nicht danach ist. Aber vielleicht kann ich ihn dadurch – und sei es auch nur für einen kleinen Moment – aus der Scheiße holen.

Die Nachricht an meine Mutter ist schnell getippt. Hoffentlich kommen da jetzt nicht wieder zig Nachfragen.

Tanja kommt mit zwei Essenstabletts, die sie aufeinandergestellt hat, ins Zimmer.

„Heute aus der gehobenen Gastronomie: Milchreis mit Kirschen." Sie stellt David das Tablett auf den Nachttisch und öffnet die Haube über dem Teller. Sie bemerkt die benutzte Nierenschale. Auch zu mir kommt sie ans Bett, stellt mir das Tablett hin und nimmt die Haube weg. Der penetrante Milchreisduft strömt mir direkt in die Nase und lässt mich aufstoßen. Ich sage nur „Grenouille“.

„Der ist echt lecker, hab ich gerade selbst probiert.“ Sie lächelt mich an und sieht auch meine benutzte Nierenschale. Kurzerhand spült sie die beiden Schalen aus und stellt die eine zurück an Davids Bett.

„Kannst du direkt wieder mitnehmen, hab keinen Hunger“, sagt David ablehnend zu ihr. Sie nickt ihm verständnisvoll zu.

„Und was ist mit dir?“ Sie kommt zu mir und stellt auch mir die gereinigte Nierenschale für neue Kotzaufgaben zurück auf den Nachttisch.

„Wenn der Milchreis noch länger stehen bleibt, kann ich die Schale direkt wieder benutzen.“

„Okay, verstehe.“ Ohne groß zu argumentieren oder nachzubohren, wenigstens einen Löffel zu essen, nimmt sie beide Tabletts, die sie aufeinanderstapelt, aus dem Zimmer und steht dann wieder an meinem Bett mit zwei weiteren frischen Nierenschalen.

„Die wollte ich dir ohnehin noch geben.“ Sie bleibt stehen und schaut mich einen Moment an. Dann neigt sie leicht den Kopf und zieht kurz die Augenbrauen hoch, ihre glänzenden Lippen öffnen sich etwas. Ich verstehe nicht, was sie mir damit sagen will. Sie greift in ihre Hosentasche und holt ein Taschentuch heraus. Bin ich blöd! Na klar!

Ich räuspere mich laut, um die Aufmerksamkeit von David zu erhalten, und sage zu Tanja: „Kannst du bitte kurz mal nach der Kanüle schauen, ob die noch richtig sitzt?“

Ich lege meine rechte Hand, an deren Rücken sich die Infusion befindet, auf meinen Oberkörper. Tanja nickt und beugt sich ein Stück über mich, um meinen Handrücken zu betrachten.

In diesem Moment beuge ich mich zu ihr vor und gebe ihr einen Kuss auf den Mund, den sie – zu meiner eigenen Überraschung – für eine Sekunde gewähren lässt. Dann richtet sie sich ruckartig auf und geht einen Schritt zurück, noch bevor meine Zunge in Aktion kommen kann. Völlig perplex schaut sie mich an.

„Sag mal, bist du irre?“ Sie fasst sich an den Kopf und fährt sich dann mit dem Taschentuch, das sie immer noch in der Hand hält, über die Lippen, als wollte sie etwas wegputzen. Dabei hatte sie mein Speichel doch gar nicht berührt. „Was soll das denn?“, fragt sie mich kopfschüttelnd und presst die Lippen aufeinander.

Respekt für ihre schauspielerische Leistung. Und dass sie mir das überhaupt „angeboten“ und mitgemacht hat.

„Sorry“, antworte ich ihr nur knapp und grinse sie verlegen an. Hätte mich beinahe noch bei ihr bedankt, was ich aber zum Glück gerade noch zurückhalten kann. Sonst wäre alles aufgeflogen!

Schnell schaue ich zu David, der das Ganze auch wirklich gesehen haben muss, denn er beobachtet uns.

Mit einem Zischen verlässt Tanja unser Zimmer.

„Krass. Hätte nicht gedacht, dass du dich das traust.“ David schaut mich immer noch an.

„War doch der Wetteinsatz!“, gebe ich mich betont gelassen und bin selbst von mir überrascht, es dann doch durchgezogen zu haben – auch wenn mir Tanja die „Tür“ hierzu aufgemacht hat, was für David aber wohl unbemerkt blieb. Wie hatte ich Panik davor und schon daran gedacht aufzugeben. Und dann ging letztlich doch alles wie von selbst und eigentlich ganz einfach – ein Hoch auf Tanja!

„Und wie hat es sich angefühlt?“

Ich überlege einen kurzen Moment: „Cool!“

Ich merke, David ist mit der Antwort nicht zufrieden und will mehr wissen: „Geht das ein bisschen ausführlicher? Also warst du mit deiner Zunge drin?“

Ich muss lachen. „Wie sich das anhört … warst du drin?“ Und auch David muss schmunzeln.

„Dazu war es leider zu kurz, aber ihre Lippen habe ich berühren können!“ Ich lasse meine Lippen kurz aneinanderreiben.

„Waren sie weich? Nach was haben sie geschmeckt?“, bohrt er weiter nach, was mich sehr freut.

„Nach mehr!“, antworte ich wieder knapp und lass ihn zappeln. „Und ihr Lipgloss ist geil.“ Ich fahre mir betont langsam mit der Zunge über meine Lippen und schmecke eigentlich nichts. „Erdbeergeschmack“, sage ich trotzdem. „Richtig nice!“

„Ob Tanja das auch so sieht?“ Er räuspert sich.

„Bestimmt. Du hast doch gesehen, dass sie Feuer und Flamme von meinem Kuss war.“

„Ach, stimmt, daher ist sie auch so schnell aus dem Zimmer gerannt!“

„Na, komm. Gerannt ist sie nicht, vielmehr freudetrunken gegangen!“ Ich halte den Zeigefinger in die Luft.

David muss erneut grinsen und wiederholt meinen Tonfall „freudetrunken – danach sah es mir auch aus!“

„Sie hatte doch ganz weiche Knie!“, schiebe ich nach und klopfe mir auf die Brust: „Bin eben ein mega Küsser!“

„Gerade zum ersten Mal eine Frau geküsst und dann so auf die Kacke hauen.“ Er schüttelt den Kopf. „*Mega Küsser*!“

„Na, wie sah es denn sonst für dich als Zaungast aus?“, will ich nun von ihm wissen.

„Erbärmlich!“, antwortet er wie aus der Pistole geschossen. Er winkt ab und ich muss lachen.

„Also ich fand mich geil!“

„Wenigstens einer.“ David greift zu seiner frischen Nierenschale und beginnt zu kotzen, wobei er zwischen zwei Würganstrengungen noch sagen kann: „Siehst du, du warst so geil bis zum Erbrechen!“

„Check!“ Ich balle die Faust und strecke den Daumen nach oben, bevor ich in die Usain-Bolt-Siegerpose wechsele.

Während ich David kotzen höre, versuche ich mir die Kussaktion noch mal vorzustellen und nachzuempfinden. Wenn ich ehrlich bin, hat sich das gar nicht so cool angefühlt, ihre Lippen zu berühren, wie ich mir das vorgestellt und gegenüber David vorgegeben habe. Irgendwie weich, aber geil?

Würde ich so nicht sagen. Also irgendwie ein neutrales Gefühl – und das ist jetzt ja nicht das, was man mit Küssen assoziiert … so nach dem Motto: Und wie war der Kuss? Ach, ganz schön neutral. Hmmm. Fühlt sich so Küssen an?

Aber gut, die Situation war jetzt alles andere als romantisch und feurig. Und Zeit war auch im Nacken – alles keine guten Voraussetzungen für einen innigen Kuss, das weiß selbst ich als absoluter Laie auf diesem Gebiet. Insofern würde ich sagen: ausbaufähig! Fragt sich nur, wann und wo?

Und vielleicht doch noch mal eine Trainingseinheit an meinem Unterarm …

*

Meine Mutter hat mir tatsächlich die Rettungsschwimmer-Kostüme – bestehend aus zwei roten Schwimmshorts, zwei roten T-Shirts und zwei Bojen mit gelben Lifeguard-Aufschriften – mitgebracht. Die Shirts wollte ich unbedingt haben – unsere „gestählten Männer-Oberkörper", wie David sie so „treffend" bezeichnet, hin oder her! Auf ein Kostüm für Tanja habe ich dann aber doch verzichtet.

Meine Mutter hat nicht nachgefragt und mich auch nicht gelöchert. Bin so überrascht, dass ich von selbst erzähle, warum ich diese zwei Outfits benötige: „Das wird Davids und mein Karnevalskostüm!"

„Das habe ich mir schon gedacht." Sie lächelt mich an, „finde ich eine gute Wahl!" Sie setzt sich auf den Stuhl an meinem Bett. „Was für eine riesige Auswahl dieses Karnevalsgeschäft hatte. Echt Wahnsinn! Ihr beide seht in dem Kostüm mit Sicherheit top aus." Sie macht eine kurze Pause. „Wo ist David eigentlich?"

„Der ist bei einer Untersuchung", antworte ich knapp, ohne ihr von der möglichen Diagnose zu erzählen.

Bin echt angespannt und in Gedanken bei ihm. Er wollte nicht, dass ich mitkomme, was ich verstehen kann. Nur gut, dass er sich überhaupt dazu bereit erklärt hat, zu dem Termin auch wirklich selbst zu gehen und es sich nicht nur über seine Mutter ausrichten zu lassen. Rein rechtlich hätte er nämlich den Ärzten nicht verbieten können, das Ergebnis nicht zu sagen. Solange er noch nicht volljährig ist, entscheiden hier die Eltern und natürlich wurden sie auch informiert. Also hätte er das Ganze nicht einfach unter den Teppich kehren können – was in diesem Fall gut ist.

Hätten wir jetzt schon den 21. Juni, an dem Tag wird er achtzehn, hätte er es mit Sicherheit anders gehandhabt. So wie ich es zu Beginn meiner Chemotherapie vermutlich anders gemacht hätte.

Wahrscheinlich hätte ich abgebrochen, weil mir alles zu viel war. Hatte da auch nur diesen Fluchtgedanken. Weg. Alles hinter mir lassen. Die ganze Krebs-Chemo-Scheiße, die betroffenen Gesichter meines Umfeldes, die Sorgen und Ängste – einfach alles.

Weglaufen und sich nicht damit auseinandersetzen müssen.

Sich abkapseln.

Verdrängen.

Auch wenn es nichts gebracht hätte … beziehungsweise hätte es alles viel schlimmer gemacht. Es ist ein naiver Gedanke – aber er war damals sehr präsent bei mir und wenn ich bereits volljährig gewesen wäre, vielleicht wäre ich heute nicht mehr hier.

Letztlich ist es vergleichbar mit einem Loch im Zahn.

Ich schaue zu meiner Mutter, die mir gerade frisch gewaschene T-Shirts in den Schrank hängt. Sie sieht müde und erschöpft aus. Hat Augenringe und ihre Haut ist matt und fahl. Sie tut mir plötzlich leid, wie ich sie so beobachte.

„War neulich beim Zahnarzt eigentlich alles in Ordnung oder hattest du Schmerzen?“

„Mir ist eine Füllung rausgefallen, als ich auf ein Lakritz-Kaubonbon gebissen hatte. War aber keine große Sache und hat Herr Dr. Bolic schnell behoben.“ Sie lächelt, nickt mir zu und holt aus der Tasche ein paar Socken für mich heraus, um sie auch in den Schrank zu legen. Ich merke, dass sie sich über meine Nachfrage gefreut hat.

Ich wende meinen Blick ab und versuche meinen Gedanken von gerade wieder aufzunehmen. Loch im Zahn … mein Vergleich. Genau. Also wenn man Zahnschmerzen bekommt, es am Anfang nur immer mal wieder in den Zahn „fährt“, man aber abwartet, weil man Angst vor dem Zahnarzt und dem Bohren hat, dann geht das eine gewisse Zeit gut.

Doch der Schmerz wird in der Regel stärker, je größer das Loch wird.

Und irgendwann ist es eben nicht mehr nur ein kurzes „Reinfahren“ in den Zahn, sondern ein permanenter Schmerz, der einen letztlich dann auch nachts wach liegen lässt. Und ständig kreisen dann natürlich die Gedanken: Wie groß ist wohl das Loch? Hoffentlich ist noch nicht der Nerv oder gar die Wurzel betroffen? Sind vielleicht mehrere Zähne in Mitleidenschaft gezogen worden?

Kurzum: Das Gedankenkarussell rattert an einer Tour und drückt damit natürlich komplett auf die Lebensqualität. Was man vorher noch verdrängen konnte, ist jetzt präsent und lähmt einen.

Mit zunehmender Zeit wird es also immer schlimmer und der Schmerz größer und nicht mehr auszuhalten – vielleicht kommt es sogar zu einer Zahnvereiterung. Und dann hat man wirklich nur noch diesen Gedanken: Zahnschmerzen – wie weiter? Ein normaler Alltag ohne Schmerztabletten oder Ähnliches ist so nicht mehr möglich.

Man hat letztlich keine Wahl mehr: Entweder man geht zum Zahnarzt und lässt die ganze Sache beheben oder …

Ja, was oder?

So hart das auch klingen mag: Man muss sich letztlich umbringen, wenn man den Schmerz nicht mehr ertragen kann.

Keine gute Alternative!

Daher ist es viel schlauer, direkt am Anfang zum Zahnarzt zu gehen, wenn man der Meinung ist, etwas am Zahn zu spüren. Wenn dann etwas gemacht werden muss, ist es in der Regel nicht so schmerzhaft, als wenn man eben damit wartet und es einfach nur zu verdrängen versucht.

Eigentlich ein simples und leicht nachzuvollziehendes Beispiel. In der Theorie gut, in der Praxis aber bei dem einen oder anderen mit Sicherheit schwierig, weil diese Ängste einen eben beherrschen können. Und so – wenn auch auf komplett anderer Ebene – ging es mir am Anfang meiner Chemo-Zeit. Rational lässt sich das Ganze erklären, aber innerlich, gefühlsmäßig – ein Winden, ein Chaos.

Ein Fluchtgedanke!

Doch vor einem Zahnschmerz oder vor einem Krebs führt jede Flucht in eine Sackgasse.

Und bei David wäre es genauso: Das Ergebnis nicht zu hören, würde es nicht wegwischen. Leider.

*

Je länger es dauert, umso verzweifelter werde ich. Meine Mutter ist jetzt schon seit über einer Stunde weg und David ist immer noch nicht zurück. Mein Blick wandert nervös von der Decke zum Dreiecks-Kugel-Bild, an der Wand entlang zum Fenster und wieder zurück. Spüre meine innere Unruhe und wie sich Schweiß unter den Achseln und in den Handflächen sammelt. Jetzt würde auch keine Musik oder mein Handy helfen – kann mich nicht mehr ablenken. Alles dreht sich nur noch um diesen einen beherrschenden Gedanken: Wie geht es David?

Ich halte es nicht mehr aus und betätige den Klingelknopf. Kurz darauf kommt Tanja zu mir. Sie blickt sofort auf meine Nierenschale und ist erstaunt, dass sie leer ist.

„Was ist?" Fragend schaut sie mich an. „Willst du mich wieder küssen?" Sie grinst. „Die Aktion hat doch gut geklappt, oder?"

„Ja, David hat nichts bemerkt. Echt vielen Dank. Da hast du mir sehr geholfen." Ich schlucke.

„Nicht dafür", sagt sie sanft.

„Wir konnten ihn damit etwas ablenken." Ich presse meine Lippen zusammen. Ihr Grinsen verblasst.

„Schön", sagt sie mitfühlend.

„Weißt du was von ihm?"

„Darf da nichts sagen.“ Sie zuckt mit den Schultern.

„Bitte.“ Meine Augen fixieren ihre.

„Jonas, wirklich ... ich darf nicht, das weißt du doch, Schweigepflicht.“

Ich senke den Blick. Das hört sich alles nicht gut an. Tanja streichelt mir kurz über die Schulter.

„Hat er Metastasen und ist sein zweiter Hoden wirklich betroffen?“, frage ich sie unmittelbar. Sie schweigt und regt sich einige Sekunden nicht – selbst ihr Pferdeschwanz ist wie eingefroren.

Keine Gestik. Keine Mimik. Ich suche ihren Blickkontakt – ihre Augen sagen eigentlich alles. Sie nickt ganz leicht.

„Scheiße“, sage ich leise, nicht mehr fähig, weitersprechen zu können.

Wieder nickt sie nur und streichelt mir erneut über die Schulter. Dann fällt ihr Blick auf die roten Rettungsschwimmer-T-Shirts, die Schwimmshorts und die Bojen. Sie lächelt – ein trauriges Lächeln. Habe das Gefühl, als müsste sie selbst gleich weinen.

„Komme nachher noch mal zu dir“, sagt sie schnell und verlässt das Zimmer.

Mit Sicherheit wollte sie nicht vor mir weinen. Dabei spüre ich bei mir selbst schon Tränen an den Wangen. Habe mal einen Spruch gehört: „Wie tröstlich, wenn nichts mehr läuft, dann laufen wenigstens noch die Tränen.“

Fühle mich ausgeknockt, nicht mehr fähig, einen klaren Gedanken fassen zu können. Es schnürt mir förmlich die Luft ab.

Es ist so unfassbar traurig – keine Worte können das ausdrücken, was ich gerade spüre. Denn keine Worte würden dem gerecht werden!

Auch wenn es noch hell ist, habe ich das Gefühl, dass bei mir das Licht von jetzt auf gleich ausgeschaltet wurde. Ich stehe in der kalten Nacht. Alle Gedanken, Sorgen, Ängste und Träume sind geplatzt. Leere – nichts als Leere.

*

Nach einer halben Ewigkeit geht endlich die Tür auf und Tanja kommt mit David zurück ins Zimmer.

Allein sein Anblick verdeutlicht mir alles. In leicht gebückter Haltung schlurft er zurück zu seinem Bett, Tanja schiebt den Infusionsständer neben ihm her. Sie schaut kurz zu mir, zieht die Augenbrauen hoch. Eigentlich muss er mir gar nichts sagen, weil ich nun bereits alles weiß: Seine Ängste haben sich bewahrheitet!

Warum?

Warum ausgerechnet er und jetzt?

Unwillkürlich schnellt mir doch diese Frage in den Kopf. Vergleichbar mit der Brustkrebs-Frau aus der Doku. Er hat doch schon genug an seinem Krebspaket zu tragen, warum ein neuer Einschlag?

Warum?

Eine Frage, auf die es keine befriedigende Antwort gibt. Eine Frage, die man sich eigentlich nicht stellen sollte, denn auch sie führt einen in die Sackgasse. Sich daran aufzuhalten, wird einen zerbrechen. Und dennoch: Warum er?

Tanja verlässt kommentarlos das Zimmer. Das schätze ich an ihr – im Vergleich zu Mo, der jetzt bestimmt irgendeinen aufbauenden Spruch abgegeben hätte.

Ich sehe an Davids Gesicht und an seinen roten Augen, dass er viel geweint haben muss. Er scheint meinen Blick zu spüren.

„So wie ich es dir gesagt habe“, beginnt er schleppend zu erzählen. „OP, Entfernung Hoden, Knochenmetastasen … Das war's.“

Die Worte treffen mich so hart, dass ich nicht mal schlucken kann. Mit leicht geöffnetem Mund schaue ich ihn fassungslos an.

„Morgen werde ich schon nach Bonn an die Uniklinik verlegt, weil die sich mit der speziellen OP besser auskennen.“

Minutenlang ist es ganz still in unserem Zimmer. Gespenstisch still. Die Angst hat den ganzen Raum komplett eingenommen, erdrückt alles. Selbst das Atmen fällt schwer und sogar mein Aufzug scheint wie stillgelegt zu sein – keine „Frau Luft", kein „Herr Galle".

Plötzlich durchbrechen Davids erneut ausgesprochene Worte die Stille: „Das war's!"

Mein Blick wandert von ihm zuerst an die nun noch mehr verhasste weiße Decke, dann zu den Rettungsschwimmer-Kostümen auf meinem Nachttisch.

Ja, das war's!

Zumindest für den Moment.

Wir beide sind sprachlos, hängen in unseren Betten, im wahrsten Sinne des Wortes geht nichts mehr. Nicht einmal mehr die Tränen laufen.

Das war's.

*

Stundenlang liege ich jetzt schon fast unverändert im Bett – es ist bereits wieder mitten in der Nacht, aber ich könnte nicht einmal sagen, wie viel Uhr wir wohl haben. Und nach meinem Handy greifen will ich auch nicht. Es fühlt sich alles so tot an – nicht mehr fähig, mich zu bewegen. Nicht mal zu kotzen.

Auch David scheint es so zu gehen. Habe nichts mehr von ihm gehört. Kein Sich-im-Bett-Drehen, kein Räuspern, keine Worte, nicht einmal mehr sein Atmen hatte ich zeitweise gehört, so leise war es.

Was soll man in so einer Situation noch sprechen?

Nicht mal unsere „eigene Welt" – unsere Imaginationen – wirkt hier. Die Realität ist so hart und krass, dass sie einen nicht mehr in die „eigene Welt" abheben lässt … und was noch erschwerend hinzukommt, ist die Tatsache, dass ich mich erst einmal von ihm verabschieden muss, wenn er morgen schon verlegt werden soll.

Abschied nehmen.

Kein schönes Wort. Denn es wird ein Abschied in eine Ungewissheit sein.

Wenn ich mir das jetzt so vergegenwärtige, überkommt mich eine unendliche Traurigkeit. Ich will nicht, dass er geht. Doch es gibt keine Alternative.

Abschied nehmen.

Plötzlich kommen mir noch so viele Gedanken, die ich mit ihm teilen, ihm sagen möchte, doch es geht nicht. Es ist wie in einem Auto zu sitzen, auf das Gaspedal zu drücken, losfahren zu wollen, aber gleichzeitig die Handbremse gezogen zu haben und nicht lösen zu können. Ein Wegfahren zwecklos. Beginne zu weinen und versuche dabei, so leise wie möglich zu sein, weil ich ihn nicht auch noch zusätzlich belasten möchte.

Ich drehe meinen Kopf zur Seite in Richtung der Einbaukleiderschränke, sodass er mich nicht sehen kann, und blicke auf den Boden, den der Mond schwach beleuchtet. Ich schlucke, wische mir immer wieder leise die Tränen von den Wangen.

Plötzlich geraten grelle orangefarbene Socken in mein Blickfeld. Ich erschrecke, ziehe mir schnell die Nase hoch und wische mir erneut mit der Handfläche über die Wangen. Mein Blick richtet sich auf. David ist doch tatsächlich zu mir ans Bett gekommen, nicht mal das hatte ich gehört. Ich mache ihm etwas Platz, sodass er sich zumindest auf mein Bett setzen kann.

„Nicht weinen“, sagt er ganz leise und berührt meine Hand.

„Ich will nicht, dass du gehst“, rutscht es mir dann doch mit brüchiger Stimme heraus.

„Ich auch nicht.“ Er drückt meine Hand.

Minutenlang halten wir uns fest. Ein Moment, den ich am liebsten anhalten und einfrieren möchte.

Er deutet schließlich mit dem Kopf zu den beiden Rettungsschwimmer-Bojen, die trotz Dunkelheit gut erkennbar auf meinem Nachttisch liegen.

„Wie hieß nochmals unser Song?“ Er wartet einen Moment. Da ich aber keinen Ton herausbekomme, spricht er weiter. „‚Mer sin eins‘, richtig?“

„Mmmh“, gebe ich von mir und drücke seine Hand.

Wieder herrscht minutenlang Stille.

„Bitte nimm die Boje, deine Schwimmshorts und dein Shirt mit", sage ich schließlich leise zu ihm.

Jetzt ist er es, der nur „mmmh" sagt.

„Vergiss nie, egal, was ist, du bist immer in …" Ich kann den Satz nicht weitersprechen. Lasse seine Hand los und berühre meine Brust an der Stelle, hinter der mein Herz schlägt. „Für immer", setze ich schließlich leise nach.

Er greift nach meiner Hand auf der Brust und drückt sie mit seiner dagegen. Ich kann erkennen, dass er nickt.

Er lässt sie schließlich los und steht langsam wieder auf. Ohne dass wir noch etwas zueinander sagen, läuft er zurück zu seinem Bett.

Spüre plötzlich eine enorme Hitze in mir – mein Herz pocht. Ich rieche an meiner Handfläche, die David gerade so lange festgehalten hat. Immer und immer wieder rieche ich daran: Sie riecht eindeutig nach David, auch wenn sich das kitschig anhören mag.

Ich möchte nicht, dass er geht …

Ich möchte nicht …

Ich möchte …

Ich …

…

*

Ich lag die ganze Nacht wach, habe zugeschaut, wie es langsam wieder hell im Zimmer wurde – doch die Nacht in mir ist geblieben.

Davids Mutter ist gerade schon zum zweiten Mal ins Zimmer gekommen, sie musste nochmals kurz zum Auto ins Parkhaus, weil sie vergessen hatte, ihren Autoschlüssel aus dem Zündschloss zu ziehen. Sie ist nervös und durch den Wind. Davids bevorstehende OP wird auch sie fertigmachen. Gerade ist sie dabei, Davids Sachen aus dem Einbaukleiderschrank in eine große Sporttasche zu packen.

David liegt noch im Bett, sein Blick an die Decke gerichtet.

Frau Doktor Schneider kommt ins Zimmer. „Guten Morgen zusammen.“ Sie lächelt. „Dann entferne ich jetzt deinen Zugang.“ Sie stellt die Infusion bei David ab und widmet sich seiner Kanüle. Im Nu hat sie die Nadel und das darüber klebende Pflaster entfernt. Sie wirft beides in die Nierenschale auf Davids Nachttisch. Den Infusionsständer stellt sie etwas zurück an die Wand.

„Komm doch bitte gleich noch mal kurz in mein Sprechzimmer, David.“ Sie nickt Davids Mutter zu und verlässt genauso schnell das Zimmer, wie sie hereingekommen ist.

„Komm, Schatz.“ Davids Mutter öffnet die Schublade an seinem Nachttisch und holt den kleinen Stoffteddy heraus, den sie ihm vor einiger Zeit geschenkt und über den ich mich lustig gemacht hatte. Sie steckt ihn in ihre Jackentasche.

Wie ein Roboter steht David auf, keine Mimik, keine Worte. Ich kann meinen Blick nicht von ihm lassen. Er tastet mit den Füßen, die immer noch in den grellen orangefarbenen Socken stecken, nach seinen schwarzen Adiletten.

„Die kannst du doch nicht anziehen. Schau, hab dir deine Sneakers mitgebracht.“ Seine Mutter will die Schuhe aus einer Tragetasche holen, doch David schüttelt nur den Kopf und hat die Adiletten bereits an. Seine Mutter lässt ihn gewähren.

Er steht auf und schaut erst jetzt zu mir.

„Ich warte draußen auf dem Gang auf dich. Tschüs, Jonas.“ Sie lächelt traurig und geht mit der gepackten Sport- und der Tragetasche aus dem Zimmer. Ich bin froh, dass sie uns noch den Moment gibt – einen Moment für uns alleine.

Ich richte mich auf, während er zu mir ans Bett kommt.

Will aufstehen, will ihn wenigstens zum Abschied noch einmal richtig drücken.

Wir stehen uns gegenüber und schauen uns einige Sekunden nur an. Seine großen haselnussbraunen Augen beginnen zu glänzen und auch mein Blick verschwimmt.

Ich komme einen Schritt auf ihn zu und schließe ihn fest in die Arme.

Ganz fest.

Ich spüre, wie er meine innige Umarmung erwidert.

Unsere Oberkörper berühren sich und strahlen durch die Klamotten eine so angenehme Wärme ab, die ich gerne einspeichern würde.

Ich will ihn nicht loslassen!

„Ich schreibe dir über WhatsApp und lass uns auch telefonieren oder per Facetime …“ Mir versagt die Stimme.

Er löst sich aus der Umarmung, aber wir bleiben immer noch sehr nah beieinander stehen.

„Ja, so machen wir's“, sagt er betrübt.

„Malibu?“ Mein Blick verschwimmt.

Er nickt und nimmt mich noch einmal fest in den Arm. Nur langsam lösen wir uns wieder – wie zwei Magnete, die eigentlich nicht zu trennen sind. Ohne dass ich etwas sagen muss, greift er nach der Boje, nach den Schwimmshorts und dem T-Shirt und läuft damit Richtung Tür. Mein Blick haftet auf ihm.

Er geht zu dem eingerahmten Bild mit dem Dreieck und der Kugel und hängt es kurzerhand andersherum auf. Der Rahmen hat entsprechende Ausbuchtungen, sodass das Bild hält. Jetzt zeigt nur die eingedellte Dreiecksspitze nach unten und die kleine, blaue Kugel schwebt darunter – wenn auch in Schieflage.

„Eine neue Sicht.“ Er nickt mir zu. Wir beide lächeln.

Kurz bevor er an der Tür ist und ich ihn nicht mehr sehen kann, dreht er sich um.

Wir schauen uns eindringlich an – alles ist gesagt. Auch wenn wir uns jetzt räumlich trennen müssen, werden wir dennoch eng verbunden bleiben!

Dann höre ich nur noch, wie sich die Tür öffnet und wieder schließt.

Mir wird schwummerig, habe ein Flimmern vor den Augen, muss kotzen. Ich lasse mich zurück ins Bett fallen und schaffe es nicht mehr rechtzeitig, nach einer Nierenschale zu greifen. Ich kotze auf meine Decke – ein Gemisch aus Galle und Blut, während mir Tränen über die Wangen laufen.

Aus dem Augenwinkel sehe ich den Infusionsständer stehen, den David zurückgelassen hat.

Malibu.

*

Die letzten beiden Wochen waren hart für mich. Ohne David im Zimmer und mit seiner erdrückenden Diagnose hat sich schlagartig etwas verändert. Die ganze Zeit waren wir positiv und haben – trotz Tiefen – optimistisch dem Ende der Chemotherapie entgegengesehen und jetzt ist da nur eine Leere voller Angst. Die OP, die Entfernung seines zweiten Hodens, verlief zwar so weit gut – zumindest hat er mir das geschrieben –, aber wie es um die Behandlung der Knochenmetastasen steht und ob sie überhaupt möglich ist, dazu hat er nichts geschrieben und auf mein Nachfragen über WhatsApp und über Facetime auch nicht reagiert.

Heute Nacht hatte ich einen Albtraum. Ich war mit David am Strand von Malibu. Wir hatten unsere Rettungsschwimmer-Outfits an – obwohl er sich zunächst gegen das Shirt gewehrt hatte, weil er seine „gestählte" Brust präsentieren wollte – und gingen am Strand entlang. Es war alles so schön, wir haben miteinander gesprochen, Pläne geschmiedet, rumgealbert und die Zeit genossen. Plötzlich hat David nach meiner Hand gegriffen. Ich ließ es zu. Mehr noch: Ich fand es toll, seine Hand zu spüren, sie festzuhalten. Hand in Hand gingen wir am Strand entlang – wie ein verliebtes Pärchen.

Und dann kam plötzlich eine große Welle, die am Strand auslief und David mit einer ungeheuren Macht mit sich zog. Ich versuchte krampfhaft, ihn fest-, ihn zurückzuhalten. Aber es ging nicht. Der Sog der Welle war zu stark. Er ließ meine Hand los, doch ich hielt seine noch immer fest. Und der Sog wurde stärker und stärker. Er schrie mich an, ich solle ihn endlich loslassen, sonst würde auch ich mitgerissen werden. Denn das war das Paradoxe: Obwohl auch mich die Welle umgab und zurück ins Meer wollte, spürte ich diesen Sog nicht. Und erneut schrie David mich an: „Lass mich los!"

Loslassen bedeutete aber aufgeben.

Ich wollte ihn nicht aufgeben. Doch der Sog der Welle riss ihn mir schließlich aus der Hand. Ich stand da, alleine am

Strand von Malibu, und musste mitansehen, wie er ins Meer gezogen wurde und verschwand.

In diesem Moment wachte ich auf, war schweißgebadet – es fühlte sich alles so real an. Musste mich dann erst mal übergeben.

Ich habe wirklich Angst, dass er an den Metastasen stirbt.

Ich höre es auch in seiner Stimme, wenn wir telefonieren, und lese es in seinen WhatsApp-Nachrichten. Hoffnungslosigkeit, kein Kampf mehr gegen den Krebs. Er schreibt es in dieser Art zwar nicht und spricht auch nicht in der Form darüber, aber ich spüre das.

Gestern wollte ich über Facetime mit ihm am Abend telefonieren, doch er lehnte ab. Hat mir dann nur ein Foto seiner Boje geschickt, die neben ihm auf dem Nachttisch liegt. Eine Boje, die eigentlich heute zum Einsatz gekommen wäre – heute am 11.11.!

Damals hatte er mich noch aufgebaut und mich aus meinem Tief geholt, dass er mit mir Karneval feiern wird, obwohl er Karneval gar nicht mag. Und jetzt ist an Feiern nicht zu denken. Ich zögere einen Moment. Würde ihm eigentlich gerne doch zeigen, dass ich mit ihm heute an Karneval verbunden bin – auch wenn sich die Ausgangslage verändert hat. Aber vielleicht hilft ihm auch ein Stück „Normalität" – wenn man in so einer Situation überhaupt von Normalität sprechen kann. „Unsere Normalität".

Ich greife nach meinem roten Rettungsschwimmer-T-Shirt. Auch wenn ich bereits ein blaues T-Shirt trage, versuche ich, das rote darüberzuziehen. Schnell komme ich an meine Grenzen, weil es wegen der Infusion nicht klappt. Lasse es halb angezogen und ziehe es nur ein bisschen zurecht. Greife nach der Boje und lege sie mir schräg auf den Bauch. Auf die Schwimmshorts verzichte ich jetzt.

Ich mache ein Selfie und verschicke es kurzerhand an David.

Es dauert einige Minuten, bis mein Handy vibriert. Hatte es die ganze Zeit in der Hand und gebannt auf das Display geschaut – immer in der Hoffnung, David würde sich gleich melden.

Ich öffne fix seine Nachricht und sehe, dass auch er mir ein Foto geschickt hat. Er hat sich ebenfalls die Boje auf den Bauch gelegt und dazu geschrieben: *T-Shirt und Schwimmshorts anzuziehen, schaffe ich leider nicht.*

Ich betrachte lange das Foto, ziehe es größer und dann wieder kleiner. Suche schließlich bei Spotify den Kasalla-Song „Mer sin eins" heraus und schicke ihm den Link.

Ich spiele den Song leise ab, während ich wieder Davids Bojen-Foto betrachte.

Das ist unsere Karnevalsfeier – auch wenn wir an unterschiedlichen Orten sind. Kein Vergleich natürlich zu dem gemeinsamen Wegdriften in „unsere Welt", als er noch hier bei mir im Zimmer war. Dieses Wegträumen fehlt mir sehr. Alleine gelingt es mir nur schwer – und wenn, dann nur in Horrorszenarien wie heute Nacht. Und über WhatsApp oder am Telefon mit ihm ist es eben nicht so, wie wenn wir real zusammen wären. Dadurch wirken die einzelnen Krankenhaustage noch länger, als sie in Wirklichkeit sind. Länger und monotoner. Höre zwar vermehrt Musik mit meinem Handy, aber das gibt mir letztlich nicht viel. Ist nur ein Zudröhnen, um die Stille nicht den ganzen Tag ertragen zu müssen.

Das Paradoxe: Ich habe gestern erfahren, dass der aktuelle Chemotherapie-Zyklus gut bei mir angeschlagen hat und ich erst einmal keine weitere Therapie benötige. Das heißt: Ich darf Anfang Dezember nach Hause und muss mich dann nur alle drei Wochen im ersten halben Jahr Nachkontrolluntersuchungen unterziehen. Ich meine, das ist ja echt eine irre Nachricht und die totale Erleichterung, aber dennoch breitete sich bei mir keine richtige Freude aus. Also tief im Inneren habe ich mich schon gefreut, aber dieses Hochspringen, dieses extreme Glücksgefühl, das spürte ich nicht – weil es eben meinem Bruder auf der anderen Seite schlechter geht.

Wie kann ich mich da richtig über meinen Krankheitsverlauf freuen? Dabei hatte ich mich ja immer danach gesehnt – zurück in mein „früheres" Leben.

Hatte gestern sogar ein schlechtes Gewissen und David deshalb auch noch nichts davon geschrieben oder erzählt. Es fühlt sich komisch an. So als wäre ich in der Sonne und würde mich von ihr bescheinen und aufwärmen lassen, während er in der kalten Nacht stehen muss und friert. Daher meine betrübte Stimmung. Meine Eltern dagegen freuen sich natürlich total. Sie planen bereits ein – wie sie es nennen – besonderes Weihnachten und auch einen besonderen Jahreswechsel. Zwei Feiern, die für mich meilenweit entfernt sind.

Es ist so eigenartig. David und ich sind nicht nur räumlich getrennt, wir bewegen uns jetzt auch in unterschiedliche Richtungen. Während er weiter in der Krebs-Scheiße hängt, kann ich das Scheiße-Becken verlassen – und muss ihn letztlich zurücklassen!

Damit komme ich nicht klar und das ist es auch, was mich fertigmacht. Wir beide haben gemeinsam gegen den Krebs gekämpft, mal jeder alleine, dann mit gegenseitiger Unterstützung – aber immer irgendwie zusammen. Wir waren eine Einheit – wir gegen den Krebs. Und diese Einheit gibt es in dieser Form nun nicht mehr, weil – so scheint es – mein Krebs besiegt ist. Diesen Sieg konnte ich aber nur einfahren, weil David mit mir gekämpft hat, an meiner Seite war. Da ist es wieder, dieses Gefühl: Ich fühle mich schlecht.

Leere, Ängste auf der einen Seite und Wut, Zorn über den Zustand auf der anderen Seite wechseln sich bei mir ab.

Mein Handy vibriert erneut. Es ist eine Nachricht von David mit zwei Fotos: *Die weiße Decke hier ist genauso beschissen wie in unserem Zimmer, aber immerhin hängt hier ein besseres Bild!*

Ich betrachte das erste Foto mit der weißen Decke und vergleiche sie mit meiner. Er hat recht: Beschissen bleibt beschissen.

Dann schaue ich mir das zweite Foto an, auf dem ein grau eingerahmtes Bild zu sehen ist, das ein blühendes Sonnenblumenfeld zeigt. Es sieht nach einer Fotografie aus.

Ich schreibe ihm zurück: *Stell dir vor, die Decken wären in den Farben deiner Socken. Das wäre mal was Neues*!

Darauf schickt er mir direkt ein Daumen-nach-oben-Icon, worauf ich ihm flink die nächste Nachricht verfasse: *Bei dir wachsen die blühenden Blumen und bei mir schwebt nach wie vor die blaue Kugel. Was hältst du von einer Kombination?*

Ich schließe meine Nachricht mit einem Smiley ab.

Seine Antwort lässt nicht lange auf sich warten: *Cool. Wir schweben gemeinsam auf der blauen Kugel über das blühende Sonnenblumenfeld!*

Ich grinse und schaue zu dem Dreiecks-Kugel-Bild, das nach wie vor so hängt, wie David es bei seinem Abschied in Position gebracht hat. Mich wundert, dass das bis heute niemandem aufgefallen ist. Tanja nicht, Mo nicht, auch meinen Eltern nicht, obwohl sie doch jeden Tag darauf schauen oder zumindest daran vorbeigehen.

Wieder lese ich mir seine Nachricht durch. Atme tief ein. Ich beginne, ihm eine neue Nachricht zu tippen: *Du fehlst mir …*

Ich betrachte die Worte, lösche sie wieder und schreibe sie erneut hin, um sie dann kurz darauf wieder zu entfernen und in ein „*Vermisse dich*" abzuändern.

Umgehend erhalte ich seine Reaktion: *Ich dich auch. Was machen wir heute?*

Ich lächele. Betrachte einen Moment seine Nachricht.

Dann beginne ich ihm zu antworten: *An die Decke starren?*

Er schickt mir ein Smiley zurück – verbunden mit einer Nachricht: *Abgefahren! Krasse Idee. Das machen wir!*

Ich halte mein Handy nach wie vor in der Hand, während ich zur Decke schaue. Wie viele Stunden ich wohl insgesamt schon gegen die weiße Decke gestarrt habe, seit ich hier auf der Station bin? Und David ja noch viel mehr, weil er länger im Krankenhaus ist als ich.

Was machen wir heute?

An die verfickte, beschissene, dreckige, kotzige weiße Decke starren!

*

Gerade war Tanja bei mir und hat die Infusion gewechselt. Noch vier Infusionsflaschen, dann habe ich den Zyklus beendet. Jetzt bin ich froh, ungestört mit David telefonieren zu können.

Ich höre nur das Atmen von ihm. Halte mein Handy fest in der Hand, auch wenn ich eigentlich meine Kopfhörer zum Telefonieren verwenden könnte. Obwohl er nicht spricht, tut es gut, ihn zu „hören".

„Ich hab mir heute Morgen überlegt, was für ein Tier ich gerne sein würde, wenn ich mich für eines entscheiden müsste", beginne ich zu sprechen. „Für welches Tier würdest du dich entscheiden?"

„Das ist leicht für mich", antwortet er mit schleppender Stimme. „Auf jeden Fall ein Vogel." Er macht eine kleine Pause. Das Sprechen strengt ihn spürbar an. „Eine Wildgans", sagt er schließlich.

„Wie bei Nils Holgersson." Ich lächele.

„Genau, der mit den Wildgänsen davongeflogen ist." Er schluckt.

„Davonfliegen. Das wäre schön, wenn wir das jetzt zusammen machen könnten." Ich setze einen Moment ab, versuche mein aufkommendes Würgen zu unterdrücken. Will jetzt nicht kotzen müssen.

„Wir beide." Seine Stimme wird leiser. „Und für welches Tier würdest du dich entscheiden?"

„Du wirst es nicht glauben, aber ich würde mich auch für einen Vogel entscheiden. Hatte mir da viele Gedanken gemacht, wollte auf keinen Fall ein Tier sein, das zu groß ist und direkt auffällt, sondern lieber klein und wendig – abtauchen zu können, nicht aufzufallen –, das finde ich wichtig." Ich befeuchte meine Lippen mit der Zunge. „Und ein Vogel kann eben schnell auch wegfliegen – zack, in die Luft und weg. Das finde ich toll und beeindruckend. Und sich dann vom Wind treiben lassen." Wieder mache ich eine kurze Pause. „Aber ich würde mich für einen Spatz entscheiden. Eine Wildgans wäre mir zu groß – erregt zu viel Aufsehen. Ein Spatz dagegen ist überall und nirgendwo. Das gefällt mir." Ich schlucke.

„Mmmh." Er räuspert sich kurz. „Klingt besser als Wildgans. Wie wäre es nicht mit einem Spatz, sondern mit einer Blaumeise?"

„Wie kommst du darauf?"

„Weil die schöner aussieht, finde ich." Seine Stimme bricht wieder ab. Er atmet schwer.

„Stimmt. Ich vergaß. Wir sind ja auch schön." Ich muss lächeln. Mit ihm zu sprechen, auch wenn ich merke, wie schlecht es ihm geht, tut mir einfach so gut.

Ich höre ihn durch die Nase ausatmen und kann mir vorstellen, dass auch er jetzt grinst.

„Du fehlst mir echt", flüstert er plötzlich.

„Du mir auch." Ich setze ab. „Sehr sogar!"

„Ich hab Angst", spricht er ganz leise weiter.

„Ich auch", bringe ich nur heraus.

Für einige Minuten hören wir nur wieder unser gegenseitiges Atmen. Die Stille ist aber nicht unangenehm.

„Sorry, muss auflegen." Seine Stimme ist inzwischen noch leiser. „Sprechen strengt mich sehr an."

„Lass uns jetzt gemeinsam wegfliegen. Wir zwei als Blaumeisen. Okay?" Ich schlucke.

„Ja. Bis bald, ähm … ich meine, bis gleich." Er hustet.

„Bis gleich, ich fliege zu dir." Ich lege auf und halte nach wie vor mein Handy in der Hand.

Ich atme tief ein und aus. Versuche mir vorzustellen, wie er und ich als Blaumeisen zusammen über den Kölner Dom fliegen Richtung Rhein. Wir lassen uns treiben im leichten Wind und fühlen uns frei.

Frei.

*

Wie oft habe ich „Frohes neues Jahr" gehört und all die Wünsche, die man dazu gesagt bekommt – „vor allem Gesundheit und dass es wieder aufwärts bei dir geht." Hab irgendwann abgeschaltet – wie auch an Weihnachten.

Keine Frage, meine Eltern haben sich total bemüht, dass wir alle schöne Feiertage zusammen verbringen können, doch mir war einfach nicht danach. Ich sah unser weihnachtlich geschmücktes Haus, selbst im Vorgarten hatte meine Mutter Lichterketten an den Sträuchern und an dem Apfelbäumchen angebracht, betrachtete den mit Kugeln und Schleifen vollbehängten Christbaum, die aufwendig eingepackten Geschenke, die im ganzen Haus aufgestellten Kerzen, den festlichen Braten und erlebte all die bekannten Abläufe, ohne mich aber richtig als Teil davon zu fühlen. Hatte an Silvester dann gar nicht das Feuerwerk erlebt, weil ich schon vor Mitternacht zu mir ins Zimmer im ersten Stock und dann auch direkt ins Bett gegangen bin. Meine Rollläden waren unten, ich lag wach unter meiner Decke und von draußen drangen das Zischen und Knallen der explodierenden Silvesterraketen und Böller, vermengt mit ausgelassenen Rufen und Gegröle, nur gedämpft zu mir. Unsere Nachbarn scheinen dieses Jahr viel abgefeuert zu haben.

Happy New Year – doch ich war nicht happy.

Während der Chemotherapie hatte ich mich genau nach diesem Alltag, nach Feiern wie Silvester gesehnt, jetzt habe ich das Ganze wieder und komme doch nicht damit zurecht. Es war mir zu viel, wollte eigentlich nur alleine in meinem Zimmer sein – womit ich meinen Eltern und meinem Bruder wieder vor den Kopf stieß.

Undankbar, wird sich der eine oder andere vielleicht jetzt denken. Aber ich fühlte mich fremd in der mir eigentlich vertrauten Umgebung. Ganz komisch. Ich stand die ersten Wochen zu Hause und vor allem auch an den Festtagen komplett neben mir. Ich war da plötzlich wieder in einem Alltag drin, der aber irgendwie nicht mehr meiner war.

Und die Zeit rast – deutlich schneller als im Krankenhaus. Ich meine, ich bin jetzt schon seit gut zwei Monaten zu Hause, wir haben bereits Februar im neuen Jahr, zwischendrin drei Nachkontrolluntersuchungen gehabt und meine Mutter hatte mit meinem Schulleiter gesprochen, um auch hier wieder eine Normalität für mich herzustellen. Das sei wichtig für mich – so die einhellige Meinung der Ärzte. Schnell wieder den normalen Alltag leben, schnell wieder in die Schule zu gehen.

Das Problem: Ich habe mittlerweile für mich realisiert, dass es diesen normalen Alltag für mich nicht mehr gibt. Der Alltag ist anders – ich bin anders.

Die erste Zeit zu Hause war es so schlimm, dass ich wirklich nichts machen konnte. Ich lag mehr oder weniger apathisch auf meinem Sofa im Zimmer – dabei hätte ich doch wieder alles machen können. Eben nicht mehr an eine Decke starren müssen, weil ich ans Bett „gefesselt" bin und ständig kotzen muss.

Doch ich konnte nicht. Ich habe meine Tage nicht irgendwie verbracht, sondern lediglich rumgebracht. Das muss man sich mal vorstellen: „Tage rumbringen" – und das nach all dem, was ich durchmachen musste.

Eigentlich absurd.

Es ging einfach nichts bei mir. Total krass und unverständlich für die Außenwelt. Hatte das Gefühl, dass mich auch keiner versteht oder zumindest versucht zu verstehen. Vielleicht auch zu viel verlangt.

Diese totale Lethargie bei mir wurde vermutlich auch dadurch ausgelöst, dass ich nicht zu David konnte. Er wurde zwar auch vor Weihnachten aus dem Bonner Krankenhaus entlassen, aber seine Eltern sind mit ihm danach direkt in eine mehrwöchige Reha auf die Katharinenhöhe in den Schwarzwald gefahren. Ich hatte davor mit ihm telefoniert und ihm gesagt, wie es bei mir aussieht und dass ich keine Chemo mehr machen muss. Er hat sich sehr für mich gefreut. Doch unser Kontakt über Handy ließ dann rapide nach, weil ihm nicht danach war und er auch Ruhe gebraucht hat. Er schrieb mir, dass er keine Kraft mehr zum Sprechen und auch nicht groß zum Schreiben hat. Insofern weiß ich gar nichts über den aktuellen Stand bei ihm. Ich kann das verstehen und habe es auch akzeptiert, ihn erst mal in Ruhe zu lassen, aber das hat mir noch mal ganz deutlich gezeigt, wie sehr er mir fehlt, weil er wirklich nach wie vor die einzige Person ist, mit der ich mich auf einer Ebene fühle – die einzige Person, die mich versteht.

Gestern hat er mir geschrieben, dass er kommende Woche zurück in der Uniklinik in Köln sein wird. Meine Nachfrage, ob ich ihn dann besuchen kommen darf, blieb bis jetzt unbeantwortet, dabei hat er die Nachricht gelesen – das wird mir angezeigt.

David würde sich bestimmt über den Alltag freuen und ihn auch gerne wieder aufnehmen. Das ging mir auch immer wieder durch den Kopf.

Wobei es die Bezeichnung „Alltag aufnehmen" eigentlich nicht ganz trifft. Das ist mir deutlich geworden, als ich vor drei Wochen zurück in meine Schule – das Friedrich-Wilhelm-Gymnasium – ging. Ich wollte ja nicht, aber meine Eltern und die Ärzte haben mich gedrängt und ich hab mich dem schließlich gebeugt – wie bei so vielem, seit ich zu Hause bin.

Mein Schulleiter empfahl mir, eine Klasse zu wiederholen, damit ich wieder den Anschluss erhalte. Ich hatte nur mit den Schultern gezuckt, weil es mir letztlich egal war. Im Nachhinein ist das einzig Positive an der Wiederholung, dass ich eine Klasse unter meiner „früheren" Klasse bin und ich so nicht ständig die „früheren" Klassenkameraden sehen muss, die sich ja letztlich alle nicht mehr bei mir gemeldet hatten und sich auch jetzt seltsam mir gegenüber verhalten, wenn sie mich sehen. Ich spüre deutlich die Unsicherheit bei ihnen. Und ich will mich auch gar nicht mit ihnen befassen.

Mein erster Schultag war Horror für mich. Wieder in die Umgebung zu gehen, nach der ich mich doch gesehnt hatte. Die Blicke zu spüren – ich fühlte mich wie in einem Tunnel. Apathisch. Weggetreten. Ausgeschaltet.

Was mir inzwischen klar ist: Es geht nicht um die Anknüpfung an mein „früheres" Leben. Ich kann nicht einfach nach der Krebserkrankung da weitermachen, wo ich durch den Krebs herausgerissen wurde.

Warum?

Weil ich mich verändert habe – und weil sich natürlich auch mein Umfeld verändert hat. Insofern ist es ein neuer Alltag und eben keine Wiederaufnahme. Hatte versucht, das meinen Eltern zu erklären, aber schnell gemerkt, dass sie es nicht verstehen – vielleicht auch nicht verstehen können, da sie nicht selbst in dieser Situation sind.

Meine Vorstellung, es gäbe ein Leben vor dem Krebs, mit dem Krebs und nach dem Krebs, muss ich revidieren. Es gibt für mich kein Leben nach dem Krebs, sondern eben nur mit dem Krebs. Denn die Erfahrungen, die ich gemacht habe, werden immer in mir sein – auch wenn ich, Stand heute, krebsfrei bin. Insofern lässt sich das alles nicht mehr abschütteln. Es ist da, mal stärker, mal schwächer, aber es ist eben da. Und all das hat mich verändert. Die ganzen Sorgen, Ängste, Gedanken. Daher ist es nun ein anderes Leben, das ich führen muss, und eben nicht eine Anknüpfung an mein „früheres".

Denn auch in der Schule habe ich mich fremd gefühlt. Als ob ich wesentlich weiter wäre – und das soll jetzt nicht arrogant klingen. Ganz im Gegenteil. Ich will das nicht werten. Hatte eben nur festgestellt, dass ich nicht da bin, wo meine Mitschüler sind. Und dazu kommt natürlich, dass ich ständig an meine Krebserkrankung erinnert werde, weil – da bin ich mir sicher – es sich an der ganzen Schule herumgesprochen hat, dass ich Krebs hatte und ich demnach auch anders angeschaut und wahrgenommen werde. Auch von den Lehrern. Diese sind so übertrieben freundlich, süßlich, wohlwollend und fassen mich – so ist zumindest mein Gefühl – mit Samthandschuhen an. Das auf der einen Seite. Und auf der anderen Seite verdeutlichen mir die Kontrolluntersuchungen natürlich genau das, was ich gerne abschließen oder verarbeiten wollen würde: den Krebs. Doch durch diese Kontrollen werde ich daran erinnert, muss mich dem Ganzen wieder bewusst aussetzen, spüre wieder diese extreme Angst vor der Untersuchung, vor allem beim Warten auf das Ergebnis. Es wird doch wirklich alles in Ordnung sein?

Das alles lähmt mich, blockiert mich und lässt mich nicht meinen neuen Alltag aufnehmen.

Neulich hatte ich zu meiner Mutter gesagt, dass ich nicht mehr zu diesen Kontrollen möchte. Sie war völlig perplex und hat mich angeschaut, als wäre ich von einem anderen Stern. Ich könne doch diese nicht selbst beenden, weil sie Sicherheit bieten – die Sicherheit, dass alles in Ordnung ist. Sie seien so unglaublich wichtig.

Ich fragte sie dann, für wen sie wichtig sind? Wohl doch für sie und nicht für mich. Denn ich brauche dieses Bestätigungsgefühl, dass alles in Ordnung ist, nicht. Ich spüre und fühle, dass ich gesund bin. Das reicht mir. Diese Kontrollen – und die laufen jetzt ja mindestens fünf Jahre, wenn auch die Abstände nach und nach größer werden – sind keine Beruhigung für mich, sondern eine extreme Belastung.

Meine Mutter ist in Tränen ausgebrochen, konnte meine Worte überhaupt nicht verstehen und hat mir den Vorwurf gemacht, dass ich immer nur an mich denke und ich mich doch auch mal in sie hineinversetzen solle. Und mein Bruder hat sogar noch krasser reagiert. Er sagte, dann würde ich eben verrecken, wenn doch wieder etwas aufkommt und nicht erkannt wird! Daraufhin bin ich sauer geworden. Es geht doch hier um meinen Körper! Und es muss doch in meiner Macht stehen, das zu machen, was ich für ihn für richtig erachte.

Das ließ meine Mutter aber nicht gelten.

Kurzum: Wenn ich am 26. August achtzehn Jahre alt werde, entscheide ich und da kann mir dann auch niemand mehr etwas vorschreiben!

Es sind genau diese ganzen Auseinandersetzungen, die mich lähmen und immer wieder daran erinnern, dass ich Krebs hatte.

Hinzu kommt das extreme Klammern meiner Mutter. Sie will mich beschützen, ist hochbesorgt – das sehe ich immer in ihrem Blick. Täglich!

Ich will das aber nicht mehr sehen müssen. Auch wenn sich das hart anhört. Ich will einfach wieder ganz *normal leben.* Da ist es wieder: Normalität, die es aber so nicht mehr zu geben scheint oder die ich erst mal wieder für mich finden und definieren muss.

Es ist ein extremer Spagat. Auf der einen Seite versuchen, einen Alltag, ein normales Leben zu führen, auf der anderen Seite die ganze Nachkontrollthematik und vor allem eben auch

David, der noch tiefer in der Krebs-Scheiße steckt und der genau diesen Alltag nicht leben kann. Es geht ihm nicht gut – da brauche ich mir nichts vormachen. Es sind dann diese Sorgen und Ängste um ihn, die immer in mir kreisen.

Ich fühle mich hin- und hergerissen. Und bitte nicht falsch verstehen. Ich bin wirklich sehr froh, aus der Krankenhausmaschinerie heraus und vor allem wieder gesund zu sein. Aber die Umstände lähmen mich derart …

Ach, schwierig, das alles zu erklären.

David müsste ich hier mit Sicherheit nichts erklären. Kaum denke ich an ihn, vibriert mein Handy. Auf dem Display erscheint doch tatsächlich eine Nachricht von David: *Sehr gerne.*

So viel zur Macht der Gedanken! Ich spüre urplötzlich Freude in mir. Er lässt es zu, dass ich ihn besuchen kommen darf. Schnell schreibe ich ihm zurück: *Kann es echt kaum erwarten.*

Ich fahre mir mit der rechten Hand über meinen Kopf, auf dem mittlerweile wieder Haare wachsen, auch wenn sie noch kurz sind. Sie sind viel dunkler als vor der Chemotherapie – dunkelbraun. Was wohl David dazu sagen wird? Ob sie ihn traurig machen, weil er noch eine Glatze hat? Hatte ihm extra noch kein Foto geschickt.

Hmmm.

Wobei, so ist David nicht. Er wird sich für mich freuen. Und ich freue mich, ihn endlich wiedersehen zu können!

*

Mein Herz rast. Konnte die ganze Nacht nicht schlafen. Bin auf dem Weg zu David ins Krankenhaus und total aufgeregt und hibbelig. Seit Wochen überwiegt zum ersten Mal in mir eine extreme Freude, die meine Gedanken, meine Sorgen und Ängste verdrängt. Habe förmlich das Gefühl, zu ihm zu fliegen. Ein mir so unbekanntes, leichtes Gefühl.

Schnell passiere ich den mir zwar vertrauten, aber dennoch verhassten Krankenhauseingang und laufe zu den Aufzügen. Nehme die Personen um mich herum gar nicht richtig wahr.

Im Fahrstuhl befindet sich ein Spiegel. Während ich die Taste mit der Aufschrift 8 drücke, betrachte ich mich darin. Zum Glück bin ich alleine. Der Fahrstuhl setzt sich in Bewegung. Ein Gefühl, das sich bei mir ins Gedächtnis eingebrannt hat – oft musste ich mit ihm auf die Onkologiestation fahren und oft hat sich auch mein persönlicher Aufzug in Bewegung gesetzt: Ich sage nur „Frau Luft" und „Herr Galle".

Ich habe heute meine kurzen Haare extra gegelt, auch wenn es nicht allzu viel zu gelen gab. Krass auch, wie lange ich gebraucht habe, Klamotten auszusuchen. Hab verschiedene Pullis und Hosen anprobiert, bis ich ein passendes Outfit gefunden habe: blauer Kapuzenpulli mit weißer Adidas-Aufschrift, dunkelblaue engere Jeans und meine blauen Supra-Schuhe. Also ganz in blau – „Blaumeise" eben.

Hab auch Ewigkeiten im Bad gebraucht und mich noch mal geduscht. Meine Mutter fragte mich schon, ob ich ein Date habe – sie weiß nicht, dass ich heute zu David gehe. Wollte ihr das nicht sagen, sondern ganz für mich behalten.

Ein Date – ich muss lächeln. Das ist doch kein Date, sondern endlich das Wiedersehen mit meinem Bruder!

Ein letzter prüfender Blick in den Spiegel – alles sitzt so weit. Ähm … ja, warum prüfe ich das eigentlich?

Egal, schnell aus dem Aufzug und in die Onkologie. Er hat mir die Zimmernummer 110 geschickt – es ist nicht „unser" Zimmer.

Mir steigt dieser Desinfektionsgeruch in die Nase und es fühlt sich an, als wäre ich gestern noch hier gewesen. Ein krasses Gefühl. Sehe sogar Mo und etwas weiter entfernt Tanja – beide von hinten. Ihr Pferdeschwanz wippt, während sie den Gang hinuntereilt und in einem Zimmer verschwindet. Zum Glück haben sie mich nicht gesehen. Sonst hätte ich mit ihnen sprechen müssen. Will aber jetzt nur zu David.

Bin bei 110 angekommen, ignoriere die anderen krebsgezeichneten Kinder und Jugendlichen auf dem Gang und trete schnell hinein.

Er schaut mich unmittelbar an – scheint gewartet zu haben. Bekomme kaum Luft – vor Freude. Laufe sofort zu ihm ans Bett, in dem er, an zwei Infusionen angeschlossen, liegt. Zum Glück ist das zweite Bett momentan nicht belegt. Das Zimmer gleicht unserem früheren Zimmer – bis auf die Tatsache, dass an der Wand kein Bild hängt.

Er richtet sich auf und steht – wenn auch mühsam – aus dem Bett auf.

„Bleib doch liegen", sage ich sofort. Doch zu spät.

Ohne weitere Worte umarmen wir uns.

„Hallo, mein Bruder." Ich muss aufpassen, dass ich ihn vor Freude nicht zu stark umarme. Drücke ihn daher nur kurz etwas fester. Und auch er gibt mir – wie einst – einen leichten Druck zurück: „Mein Bruder", sagt auch er leise.

Wie gut sich das anfühlt. Wie vertraut mir seine Nähe ist. Ihn wieder zu riechen, ihn zu spüren. Ein superschönes Gefühl. Will ihn gar nicht mehr loslassen. Irgendetwas passiert in mir. Ein komisches, aber angenehmes Gefühl.

Wir lösen uns aus der Umarmung und schauen uns an. Erst jetzt fällt mir auf, wie mitgenommen er aussieht. Im ersten Moment habe ich das gar nicht wahrgenommen, weil die Freude, ihn zu sehen, alles überstrahlt hat.

„Krass, du hast Haare." Er streichelt mir über den Kopf.

„Ja, wachsen immer besser." Ich lächele ihn an.

„Sieht gut aus." Er zieht seine Hand zurück. „Und fühlt sich gut an."

Hätte mir „früher" jemand durch die gegelten Haare gestrichen, wäre ich ausgeflippt. Aber jetzt ist mir das egal – im Gegenteil, es tut mir gut, wenn er mich berührt.

Wieder blicken wir uns einige Minuten nur an, ohne etwas zu sagen. Dabei ist es keine unangenehme Stille, sondern ein – ich weiß, es hört sich kitschig an – vollkommener Moment.

David greift nach meiner Hand und setzt sich erst jetzt zurück auf das Bett. Er verschnauft kurz – das Stehen hat ihn sehr angestrengt. Er lässt meine Hand los und legt sich wieder hin.

Ich decke ihn zu und schiebe auch das Kissen unter seinem Kopf zurecht.

„Danke. Wie ist es in der Schule?", fragt er mit schleppender Stimme nach. „Und wie sind die Mädchen?"

Ich grinse, hätte selbst zig Fragen an ihn und er kommt ausgerechnet zuerst mit der Mädchen-Frage.

„Geht so", antworte ich. „Hatte dir ja geschrieben, dass ich eine Klasse wiederhole."

„‚Geht so' hört sich ausbaufähig an." Er wischt sich mit der Hand über den Mund. „Wie gerne hätte ich dieses Gefühl erlebt." Er senkt kurz den Blick.

„Gefühl?", wiederhole ich irritiert.

„Einen Kuss! Einen richtigen Kuss mit allem Drum und Dran. Weißt du noch? Unsere Gespräche?"

„Klar. Ich sage nur: Striegel-Date oder Tanja." Wir müssen beide grinsen.

„Tja." Er setzt kurz ab. „Und jetzt kann ich davon auch nur träumen – wie von so vielen anderen Sachen."

„Ich weiß." Ich nicke und greife wieder nach seiner Hand.

„Mach du's für mich!" Er drückt meine Hand.

„Häh?" Verstehe nur Bahnhof.

„Versprich mir, eine zu küssen und mir dann ausführlich zu beschreiben, wie das Gefühl war! Aber mit Zunge! Okay?" Wieder drückt er meine Hand. Er atmet schwer.

„Aber ich kann doch nicht …" Doch bevor ich den Satz zu Ende sprechen kann, unterbricht er mich.

„Doch! Für mich! Bitte!"

Ich lächele und schüttle dabei den Kopf. „Bruder, schau mich an, sehe ich wie ein Frauenschwarm aus, bei dem die Mädchen nur so Schlange stehen, um geküsst zu werden?"

„Ach, Bullshit. Darum geht's doch nicht!"

„Doch, weil ich mich wohl nicht selbst küssen kann, nur meinen Unterarm …"

„Ey! Ist doch nur ein Kuss und nicht gleich eine Heirat." Wieder drückt er meine Hand. „Dafür findet sich mit Sicherheit eine!"

„Tzz …“ Weiß nicht, was ich sagen soll. Kann ihm den Wunsch aber auch nicht abschlagen. Und wenn ich es einfach vorgebe? Wenn ich ihm morgen eine Lüge auftische, dass ich ein Mädchen geküsst habe? Fuck. Will ihn aber nicht anlügen, obwohl …

„Bitte, Jonas“, setzt er mit sanfter Stimme nach und reißt mich aus meinen Gedanken. „Das wäre mir wichtig.“

Und mir wäre wichtig, dass er wieder gesund und aus dem Krankenhaus entlassen wird. Was für eine Vorstellung, wir zwei zusammen wieder im normalen Leben, im *normalen Alltag, normale Treffen* … – unsere Normalität.

„Okay?“ Seine fragende Stimme klingt belegt und traurig. „Würde wenigstens gerne beschrieben bekommen, wie dieses Gefühl ist. Ich selbst werde es nicht mehr spüren.“

Was hat er da gerade gesagt?

Er wird es nicht mehr spüren?

Er darf sich doch jetzt nicht aufgeben! Natürlich wird er das noch spüren! Will ihm das entgegenschreien, bin aber blockiert, als hätten mich seine Worte ausgeknockt.

Für einen Moment schauen wir uns nur an, nach wie vor halten sich unsere Hände fest. Wie ich ihn da so liegen sehe, so gezeichnet, so verletzbar. Und vor nicht allzu langer Zeit lag ich auch hier.

Jetzt kommt es mir einerseits nah und dann auf der anderen Seite doch auch wieder weit weg vor. Ganz komisch. Es fühlt sich plötzlich unwirklich an. Ich bin später als David ins Krankenhaus gekommen und nun doch früher wieder draußen. Geheilt. Und mein Bruder liegt immer noch hier und muss kämpfen. Das ist alles so ungerecht. Und das Schlimme dabei ist, dass er nicht mehr kämpfen will …

„Schaffe das echt nicht mehr“, flüstert er mir zu. Ein Satz, der mir den Rest gibt. Spüre, wie Tränen an meinen Wangen herunterlaufen – dabei schauen wir uns in die Augen und halten uns an den Händen.

David bedeutet mir wahnsinnig viel – ein Traumbruder, wie es ihn eigentlich wirklich nur im Traum gibt. So intensiv ist unsere Beziehung, so unverstellt und dabei lässt jeder den anderen so, wie er ist: „Mer sin eins“.

Ich will ihm sagen, dass er kämpfen muss, aber schaffe es nicht. Bringe keinen Ton heraus. Will mich nicht auch anhören wie die anderen, die das am Anfang zu mir immer gesagt haben. Dieses Schulternklopfen. Aber hier geht es doch um viel mehr! Er darf sich nicht aufgeben!

Wir nicken uns kaum sichtbar zu. Lächeln.

Mit meiner linken Hand verwische ich die Tränen auf meinen Wangen. Habe mich mittlerweile wieder etwas gefangen. Es ist ganz eigenartig, aber ich fühle mich so hingezogen zu ihm. Nein, jetzt nicht das, was jeder Außenstehende vielleicht denkt. Bin ja nicht schwul. Aber …

Nein.

Dennoch ist da ein ganz eigenes Gefühl, das ich nicht beschreiben kann. So paradox sich das anhört, aber es ist wie ein Magnet. Ein Magnet zieht mich zu ihm. Und ich lasse ihn einfach gewähren.

Irgendwie.

Da ist wieder dieses Gefühl in mir. Angenehm. Komisch. Und es scheint sich in mir weiter auszubreiten.

Wie von selbst bewegt sich mein Kopf zu ihm. Ganz nah. Spüre seinen Atem und er meinen. Wie angenehm er riecht. Ich atme tief ein. Es ist ein spezieller, vertrauter, intensiver Geruch – ein Mix aus seinem Schweiß, seinem Pfirsich-Duschgel, das er immer benutzt und … wie kann ich das am besten beschreiben? … Hmmm … vielleicht so: Ein Duft wie eine frisch geöffnete Packung Wattestäbchen, in die man direkt seine Nase hineinhält. Ja. Das ist es. Und alle drei Komponenten vermengt mit dem leicht abgestandenen Bettgeruch, den man wahrnimmt, wenn man die Bettbezüge einen Tick zu lange drauflässt und nicht wäscht. Aber nicht abstoßend, sondern angenehm!

Wieder atme ich tief ein. Diese Kombination ist so krass.

Und dann, wie ferngesteuert, berühren plötzlich meine Lippen seine und beginnen, ihn zu küssen. Weich und zart sind sie. Mir ist ganz heiß, aber keine unangenehme Hitze. Im Gegenteil. Vollkommene Nähe.

David ist wie hypnotisiert, reagiert nicht, aber auch keine Abwehr. Ich halte inne, schaue ihn für einen Moment an. Wir atmen gemeinsam gleichzeitig ein und aus, wie aus einem Körper. Aus einem Guss.

Plötzlich lächelt er oder zumindest kommt es mir so vor. Ich lasse seine Hand los und halte ganz vorsichtig seinen Kopf. Ich schließe die Augen und beginne erneut, ihn zu küssen. Meine Lippen berühren seine immer und immer wieder. Seine Lippen sind nicht verkrampft, sondern ganz locker. Es fühlt sich so toll an. So magisch. So intensiv. So perfekt. Kein Vergleich zu meinen Kussübungen am Unterarm oder zum Kuss mit Tanja.

Einen Moment vollkommenen Glücks. Wenn ich ihn jetzt nur anhalten könnte. Die Hitze in mir wird stärker und stärker, alles brodelt und pocht. Im wahrsten Sinne des Wortes.

Und plötzlich spüre ich, wie sich seine Zunge den Weg in meinen Mund bahnt und meine Zunge umspielt. Mal langsam, mal etwas schneller, aber nie unangenehm und vor allem nicht nur so platt rotierend wie ein Handmixer.

Unsere Speichel vermischen sich. Sein Geschmack – nicht in Worte zu fassen.

Es schmeckt nach mehr …

Wir küssen uns immer intensiver. Mein Herz pocht wie verrückt. Aber auch mein Schwanz. Mein ganzer Körper ist in Erregung, ein Gefühl, das ich so noch nie erlebt habe. Verbunden mit dem nicht enden wollenden Drang nach mehr. Ihn noch intensiver zu spüren, ihm noch näher sein zu wollen – noch stärker vereint.

Mittlerweile liege ich neben ihm auf dem Bett, während ich eine gewisse Feuchtigkeit in meiner Boxershorts spüre. Auch er hat sich seitlich zu mir gedreht, sodass wir uns ganz nah sein können.

Wie von selbst gleitet meine Hand unter sein T-Shirt an seinem Bauch Richtung Bauchnabel, während wir nicht aufhören, uns zu küssen. Seine Haut fühlt sich so zart an. Es ist ein irres

Gefühl. Ein Gefühl, das mich noch mehr anmacht, noch mehr pulsieren lässt.

Ich verweile einen Moment an seinem Bauchnabel und umkreise ihn mit der Spitze meines Zeigefingers. David zittert leicht, verbunden mit einem kurzen Kichern. Spüre die Gänsehaut an seinem Körper. Langsam lasse ich meinen Zeigefinger von seinem Bauchnabel weiter nach unten wandern. Dabei spüre ich einen zarten Flaum, ein schmaler Pfad, auf dem ich mich weiterbewege und der mich noch mehr erregt.

Wir halten mit dem Küssen inne und schauen uns an. Sind außer Atem. Mir kommt es vor, als würde mein Herz aus der Brust springen – auch wenn sich das abgedroschen anhört. Mein Körper ist voller Adrenalin. Meine Hand ist mittlerweile an dem Gummi seiner Boxershorts angekommen. Während wir uns nach wie vor anschauen, warte ich einen Moment.

Seine Mimik sieht plötzlich so anders aus. Sein Blick scheint mir starr und ablehnend.

Hab ich …

War es für ihn …

Soll ich lieber …

?!?

Ich bin verwirrt, bekomme aber keinen Ton heraus.

Alles ist plötzlich so komisch. Wieso … aber …? Gerade hab ich mich noch ganz oben gefühlt und jetzt plötzlich wie im freien Fall nach unten.

Warum schaut er mich so an?

Ich ziehe meinen Kopf etwas zurück und will auch meine Hand vom Bund seiner Boxershorts zurückziehen, doch er greift nach ihr und stoppt meine Bewegung, indem er sie wieder nach unten zu seiner Boxershorts drückt. Ich gebe dem nach – meine kurzfristigen Zweifel sind damit wie weggeblasen und ich werde zurück in den Himmel katapultiert.

Seine Hand lässt meine los und er streichelt mir über die Wange, bevor er mich wieder zu sich zieht und mich weiterküsst. Wieder umschlingen sich unsere Zungen. Mein Schwanz pocht intensiver, habe das Gefühl, gleich zu kommen.

Inzwischen gräbt sich meine Hand unter das Gummiband der Boxershorts. Sein flaumiger Pfad mündet in gestutzte Schamhaare, die ich nur kurz spüre. Da berühre ich auch schon seinen steifen Schwanz. Ich kann nicht mehr … mein Schwanz pocht wie verrückt.

Ich komme!

Spüre die Feuchtigkeit des Spermas, das von meinen Boxershorts aufgefangen wird. Während ich tief ausatme, ist ein kurzes Stöhnen von David zu hören. Er drückt seinen Schwanz noch stärker gegen meine Hand. Ohne abzuwarten, umfasse ich ihn und beginne, ihn auf- und abzubewegen. Es fühlt sich gut an. Ich halte immer wieder inne und schiebe seine Vorhaut komplett über die Eichel und wieder zurück.

David hört auf, mich zu küssen, und streckt seinen Kopf nach hinten, wobei er seine Augen geschlossen hält. Immer wieder stöhnt er auf, während ich mein Tempo nun verdoppele. Sein Atem wird unregelmäßiger und schneller. David beginnt zu zucken. Ich spüre seinen pochenden Schwanz, er stöhnt kurz laut auf, während sein Körper versteift, dann verteilt sich etwas Sperma in seinen Boxershorts und auf meiner Hand.

David atmet laut aus, ist erschöpft. Er öffnet die Augen und schaut mich wieder an, während ich immer noch seinen Schwanz umklammere.

Was für ein Gefühl! Das geilste Gefühl, das ich bis jetzt hatte und das ich nicht mehr vergessen werde!

Es ist, als wäre in mir etwas aufgeplatzt – wie ein Vulkan, der schon lange innerlich brodelt und jetzt endlich zu einem befreienden Ausbruch gekommen ist!

„Du kannst übrigens loslassen“, unterbricht David lächelnd die Stille. Ich muss grinsen und komme seinem Wunsch nach.

Auch jetzt, wo alles vorbei ist, fühlt es sich mega an und gar nicht befremdlich oder so, dass ich mich unwohl fühle. Strange. Ich bin verwirrt. Aber es ist irre.

„Stell dir vor, wenn Tanja oder wer anders ins Zimmer gekommen wäre …“

„Na und?“, antwortet David. Ich schaue ihn an, irritiert über seine Lockerheit. Er sieht so anders aus … anders, als ich ihn vorhin wahrgenommen habe. So gelöst. Entspannt. Ja, so glücklich. Irgendwie.

„Okay“, sage ich überrascht und stehe von seinem Bett auf. Erst jetzt bemerke ich, dass ich meine Schuhe gar nicht ausgezogen habe.

Wieder lächelt er mich nur an.

„Ich muss mal kurz.“ Ich begebe mich die fünf Schritte im Zimmer zur Toilette und schließe die Tür mit der linken Hand, weil sich an meiner rechten noch Davids Sperma befindet, dessen Duft mir in die Nase steigt. Mit Betätigung des Lichtschalters geht auch direkt das Gebläse los. Wasche mir zuerst die Hände und trockne sie ab. Bin immer noch wie in Trance – im positiven Sinne.

Ich öffne meine Jeans. Die dunkelblauen Boxershorts sind deutlich verfärbt, feucht und klebrig. Notdürftig putze ich mit Toilettenpapier die Spermareste aus den Shorts und auch meinen Schwanz damit ab. Auch hier steigt mir der Spermageruch in die Nase. Ich werfe das Papier in die Toilettenschüssel, betätige den Abzug und gehe zum Waschbecken zurück. Während ich meine Hände noch einmal wasche, betrachte ich mein Gesicht im Spiegel.

Meine blauen Augen strahlen, während meine gegelte Frisur im Arsch ist – wenn man bei den kurzen Haaren überhaupt von Frisur sprechen kann. Egal. Zupfe mir einzelne der plattgedrückten Haarsträhnen etwas zurecht und muss dabei selbst lächeln.

Krass. Was war das gerade? Fühlt sich so unwirklich an. Wie in einem Traum. Ich habe gerade David geküsst und ihm einen runtergeholt. Und bin dabei selbst gekommen, ohne dass er oder ich bei mir Hand angelegt haben.

Ich schüttle den Kopf. Verrückt. Doch dieses Gefühl, dieses krasse, unbeschreibliche Gefühl, das ich dabei gespürt habe, war einfach mega.

Ein Gefühl, das ich wieder haben will.

Alles so krass …

Ich lächle meinem Spiegelbild zu und wiederhole „so krass“, als würde ich mit mir selbst sprechen.

Ich stelle den Wasserhahn ab, trockne mir die Hände und gehe zurück zu David ans Bett.

„Alles okay bei dir?“ Er mustert mich. Seine Stimme ist schwach. War vielleicht doch alles zu anstrengend für ihn.

„Ja. Klar“, antworte ich und bin erneut erstaunt, wie locker und selbstverständlich er das alles nimmt. Wie sich das anhört „wie locker und selbstverständlich er das alles nimmt“ … als ob wir etwas Verbotenes gemacht hätten.

Warum denke ich dann nur so etwas? Worüber mache ich mir eigentlich gerade einen Kopf?

„Sicher?“ David reißt mich aus meinem Grübeln.

Ich warte einen Moment, setze mich auf den Stuhl neben seinem Bett. „Ja!“.

„Und warum setzt du dich dann nicht zu mir aufs Bett?“, fragt er weiter verschmitzt nach.

Ja, warum eigentlich nicht? Warum verhalte ich mich plötzlich so zögerlich? Was ist eigentlich mein Problem? Es gibt doch keines! Alles ist doch gerade so schön, so unglaublich!

Ich bewege kurz den Kopf, so als würde ich diese komischen Gedanken abschütteln wollen, und setze mich zu ihm.

„Was machst du heute noch?“

„Muss noch Matheaufgaben machen. Analysis. Kurvendiskussion.“ Ich ziehe die Augenbrauen hoch. „Erste, zweite, dritte Ableitung, Hoch-, Tief-, Wendepunkte … einfach ätzend.“

„Na ja, also die Hochpunkte finde ich geil“, sagt David grinsend und berührt mit seiner infusionsfreien Hand meinen Oberschenkel. Bin direkt wieder erregt. Gerade als ich ihn erneut küssen möchte, höre ich, wie die Tür aufgeht. Sofort ziehe ich den Kopf zurück und schnelle hoch. Schwester Tanja kommt – flotten Schrittes und mit typisch wippendem Pferdeschwanz – mit einer Infusionsflasche in den Raum.

„Ah, Jonas, schön, dich zu sehen! Wie geht es dir?“ Sie läuft zu Davids Infusionsständer. „Kaum bist du hier, ist ein Mief im

Zimmer." Sie lacht, nickt mir zu und klemmt die Infusionsflasche ab.

„Das waren unsere vierzig Chicas wieder!" Ich lächele sie an. „Jetzt geht es mir gut!" Ich nicke ihr und dann David zu.

„Bringst du mir neuen Stoff?", fragt David sie.

„Feinsten Stoff!" Sie lacht. Ich gehe währenddessen zum Fenster und begreife erst jetzt, dass sie vielleicht die Ausbeulung meiner Jeans bemerkt haben könnte, wobei sie eigentlich nicht darauf geschaut und auch sonst ganz normal reagiert hat. Also gehe nicht davon aus, dass sie etwas bemerkt hat.

Stopp!

Was denke ich da schon wieder. „Gehe nicht davon aus, dass sie etwas bemerkt hat." Und wenn schon? Dann wäre es eben so. Wieso habe ich immer diese Gedanken?

Ich kippe das Fenster, komme zurück an Davids Nachttisch und stelle mich so hin, dass sie nicht auf meine Beule schauen kann, obwohl ich merke, dass mein Schwanz schon wieder abschwillt.

„Und Jonas, was macht die Schule, was machen die Frauen?" Sie hat die Infusionsflasche gewechselt und stellt die neue entsprechend ein.

„Das habe ich ihn auch schon gefragt, aber er will es mir nicht verraten", steigt David direkt darauf ein und grinst schelmisch. Und auch ich kann mir ein Grinsen nicht verkneifen, wie er so im Bett liegt mit niedlichem Gesichtsausdruck.

Habe ich gerade niedlich gesagt?

Ähm … Ja … also … Ach, wurscht.

„Jetzt sag's uns doch mal!", bohrt David weiter nach. Tanja schaut mich auffordernd an.

„Schule ist okay … und die Frauen …" Bevor ich den Satz weitersprechen kann, grätscht mir David wieder rein. Ihm scheint es sichtlich Spaß zu machen. Er blüht plötzlich richtig auf.

„Er will mir nicht sagen, ob er schon eine Zunge gespürt hat."

Tanja lacht. „David, du willst es natürlich wieder genau wissen … mir würde es weniger detailliert ausreichen."

„Wenn ihr es wissen wollt. Ich habe eine gespürt", sage ich schließlich und schnalze mit der Zunge. Wenn er mir so kommt, kann ich das Spiel auch mitgehen. „Und es war Wahnsinn!"

„Moment, Jonas, bitte keine weiteren Einzelheiten … das könnt ihr gleich in Ruhe besprechen, will ich gar nicht hören." Sie nimmt die leere Flasche mit und geht lächelnd aus dem Raum. „Bis später!"

Kaum ist die Tür ins Schloss gefallen, beginnen wir beide zu lachen.

„Und es war Wahnsinn!", wiederholt David. „Kann ich so gut küssen?"

„Es fühlt sich echt irre an", nicke ich ihm zu. „Ich verstehe aber nicht …"

Doch David legt den Zeigefinger auf seinen Mund, „Pssst! Mach dir keinen Kopf!" Wir blicken uns an. „Was für ein Gefühl das war! Danke", sagt er leise und mit einem besonderen Lächeln.

Ich greife nach seiner linken Hand und drücke sie.

Er erwidert den Druck, während wir uns zunicken. Dabei hören wir gar nicht, wie die Tür wieder aufgeht und plötzlich seine Mutter am Bett steht.

„Hallo, mein Schatz, hallo, Jonas." Ich erschrecke und will meine Hand zurückziehen, als hätte ich etwas Verbotenes gemacht und wurde dabei ertappt, doch David lässt es nicht zu.

Sie schaut David und mich an, sieht, dass unsere Hände sich festhalten. Sie weiß, dass wir Freunde sind, doch sie wird sich nicht ausmalen können, wie intensiv unsere Freundschaft gerade war.

„Hallo", antwortet David und ich höre deutlich, wie ablehnend sein Tonfall ist. Er hat mit Sicherheit noch nicht mit ihr gerechnet. Und auch ich nicke ihr „Hallo" sagend zu.

„Okay, dann werde ich mich mal nach Hause begeben. Ich sage nur: Matheaufgaben!" Ich drücke seine Hand noch mal fest, bevor ich sie loslasse.

„Bleib doch noch!", versucht David mich zurückzuhalten.

„Ja, wegen mir brauchst du jetzt nicht gehen", pflichtet ihm seine Mutter bei.

„Doch, alles gut. Du weißt ja, die Hoch-, Tief- und Wendepunkte warten auf mich", wobei ich die Hochpunkte besonders deutlich betone. Er lächelt nur und sagt trocken: „Geil!"

„Komme morgen wieder." Ich nicke ihm zu.

„Das ist gut!", sagt er und befeuchtet seine Lippen mit der Zunge. Seine Mutter packt bereits ein paar Kirschen aus. Dass das Essen immer so im Mittelpunkt steht …

„Bis dann." Ich winke David zu und verabschiede seine Mutter mit einem „Tschüs".

Auch wenn es mir schwerfällt und ich gerne bei ihm geblieben wäre, verlasse ich das Zimmer – komplett anders, als ich es betreten habe.

Ich laufe in Gedanken versunken über den Gang und nehme wieder gar keine anderen Patienten wahr. Beschwingt. So leicht.

Auch wenn wir im achten Stock sind, nehme ich wie von selbst die Treppen. Plötzlich so viele Gedanken im Kopf. Dabei ist dieses leichte Gefühl immer noch vorhanden. Ich denke zurück, spüre seine Zunge, habe seinen Geruch in der Nase, fühle förmlich den zarten Flaum, der von seinem Bauchnabel runter zu seinen weichen, kurzen Schamhaaren führt, lasse das Gefühl zurückkommen, wie ich seinen steifen Schwanz angefasst habe … und dabei immer und immer wieder seine Küsse, seine Zunge, das leichte Knabbern an meinen Lippen … Ich grinse und nehme immer zwei bis drei Stufen auf einmal. Bemerke die Blicke der anderen gar nicht richtig, die mich beobachten, wie ich die Treppen hinunterjage.

Und dann sein niedliches Lächeln, sein schelmisches Grinsen, seine Selbstverständlichkeit, sein „Danke" …

Ich renne durch die automatischen Eingangstüren des Krankenhauses und flitze voller Adrenalin, voller Freude, voller Beschwingtheit über den Krankenhausvorplatz hinaus auf die Straße.

Mein Gott. Ich hab's getan. Wie geil. Wie krass. Alles dreht sich, aber so angenehm. Ich bin … bin … ja, was bin ich?

Ich bin so glücklich. Ich bin außer mir … wobei es kein negatives Gefühl ist. Ich stehe irgendwie neben und bin doch ganz nah bei mir.

Häh?

Versteht man das?

Verstehe ich das?

Oder muss ich das verstehen?

Muss ich das erklären können?

Beziehungsweise: Gibt es hier überhaupt irgendetwas zu erklären?

Wie abgefahren das alles war. Was für ein unvergesslicher Moment!

Ich verlangsame mein Tempo, gehe über die Straße Richtung Park. So viele Gedanken im Kopf und dann aber auch wieder diese enormen Glücksgefühle, die alles so leicht machen. Verrückt. In dem Moment vibriert mein Handy. Ich schaue auf das Display. Es ist eine WhatsApp-Nachricht von David: *Mach dir keine Gedanken! Das war gerade ein Gefühl für mich, das mich nach langer Zeit alles vergessen ließ. Freu mich auf morgen.*

Er schließt seine Nachricht mit einem Kuss-Smiley ab.

Als ob er es gespürt hätte. Er ist einfach unglaublich.

„*Ich mich auch! Genieß deine Kirschen*", tippe ich schnell zurück, mit einem Zwinkersmiley versehen.

Und wieder kommen mir die Bilder unseres Kusses, Bilder der Situation in den Kopf … Stärker, als jede Videoaufnahme es hätte tun können.

Bei Konzerten oder allgemein ist es doch so, dass die Leute alles und jeden Moment filmen und ständig durch den Filter „Handy" schauen und aufnehmen. Dabei nehmen sie sich das Gefühl, im Hier und Jetzt zu sein. Den Moment „echt" zu genießen, „echt" aufzusaugen, wahrzunehmen, sich zu spüren.

Boah, dieses Gefühl … ich komme gerade nicht darüber hinweg.

Könnte mein Glück förmlich rausschreien. Ich springe, im wahrsten Sinne des Wortes, vor Freude in die Luft und bin uneingeschränkt happy. Ein Zustand, den ich so nicht kenne und den ich einfach nur festhalten möchte.

Und das nach all den Wochen. Gerade war für einen Moment alles gut – keinen Krebs schien es zu geben, keine schlechten Nachrichten oder Entwicklungen, keine Ängste und keine Sorgen. Normalität? Nein. Glück, das erlebt zu haben.

Wie war es wohl für David? Ging es ihm nur um einen richtigen Kuss? Oder ist da … also empfindet er mehr für mich? Oder …

Was empfinde ich?

Stopp!

Keine Gedanken, Jonas. Jetzt nicht!

Ich will das Gefühl wieder haben!

Und zwar bald, sehr bald!

*

Ich gehe beschwingt durch unseren kleinen Vorgarten. Nehme die beiden Treppenstufen zur Tür mit einem eleganten großen Sprung und schließe sie auf. Meine Mutter nimmt mich direkt in Beschlag. Vermutlich hat sie immer wieder aus dem Küchenfenster in den Garten geschaut, um zu sehen, wann ich zurück bin.

„Wo warst du? Wen hast du getroffen?"

„War nur in der Stadt", antworte ich knapp und lächele sie kurz an. Sie ist irritiert, dass ich sie nicht anraunze. Ohne noch einen Satz von ihr abzuwarten, gehe ich hoch in mein Zimmer. Die Treppenstufen nehme ich dabei fast schwebend, zumindest fühle ich mich nach wie vor so.

Schnell schließe ich meine Zimmertür ab und lasse mich mit einem Lächeln auf mein Bett fallen. Eigentlich sollte ich Mathe machen, aber in meinem Kopf ist gerade alles andere als Mathe. Immer und immer wieder gehen mir die Bilder von David und mir durch den Kopf, wobei ich auch immer wieder eine Gänsehaut bekomme. Die Gedanken lassen mich nicht mehr los – erregen mich.

Hallo! Was sind das denn für Gedanken? Gestern Abend habe ich noch einen Ausschnitt von einem Porno-Clip im Internet geschaut und mir einen gewichst, wie ein Typ eine Frau penetriert hat, und heute küsse ich einen Jungen, hole ihm einen runter und komme selbst – verbunden mit dem krassen Verlangen nach ihm … bin völlig verwirrt.

Bis heute habe ich mir nie ansatzweise vorgestellt, einen Typen zu küssen oder gar mit ihm zu schlafen. Und dann das heute … und jetzt?

Alles ist plötzlich so verdreht, so … was ist mit mir? Dieses wahnsinnige Gefühl in mir, dieses Begehren, diese Lust … das alles kenne ich so gar nicht.

Finde David auf allen Ebenen echt anziehend – körperlich wie seelisch. Er war mir zwar immer schon sehr nahe … aber … hmmm … war da vielleicht schon immer mehr?

Was heißt „mehr"? Also ich bin doch nicht schwul … oder … also …

Eines steht fest: Der Tag hat mit mir etwas gemacht. Etwas hat sich verändert. Aber dieses Etwas will ich jetzt nicht analysieren oder mir darüber Gedanken machen. Denn es ist momentan zu schön, um es gleich wieder infrage zu stellen oder gar zu beenden.

Jetzt nicht!

Und Matheaufgaben auch nicht!

*

Ich schließe mein Rad bei den Fahrradständern ab und klemme meinen Rucksack unter den Arm. Ich habe überhaupt keinen Bock auf Schule und schon gar nicht auf Mathe. Die Aufgaben konnte ich gestern natürlich auch nicht mehr machen.

Auch wenn überall Schülerinnen und Schüler zu sehen sind, die einerseits in Gruppen oder auch einzeln auf dem Schulhof stehen und ins Gebäude laufen, fühle ich mich wieder wie auf einer Insel. Ich sehe sie, aber sie haben für mich keine Relevanz. Überhaupt hat das hier für mich keine Relevanz … Dabei hatte ich mich so lange nach diesem Gefühl, nach der Schule gesehnt. Und jetzt?

Wie automatisch setze ich einen Schritt vor den nächsten, während ich mein Handy aus der Hosentasche hole. „*Wenn ich nur schon bei dir sein könnte*“, schreibe ich an David.

Ob ich einfach schwänze und mich direkt auf den Weg zu ihm ins Krankenhaus begeben soll?

Ich bleibe vor dem Schulgebäude und etwas abseits des Schülerflusses, der ins Gebäude strömt, stehen. Fühle mich noch weiter weg von allem als ohnehin schon.

„Hey, Jonas, warum wartest du hier?“ Marta klopft mir auf die Schulter und schaut mich an. „Frau Wurster ist bestimmt bereits im Anmarsch.“ Sie lacht.

„Geh schon vor, komme gleich nach“, lächele ich gezwungen und nicke ihr zu.

„Okay!“, sagt sie kurz und geht ins Gebäude.

Doch ich will gar nicht nachkommen. Warum sage ich etwas, was ich gar nicht will? Und warum sage ich nicht das, was in meinem Kopf ist? Dass ich keinen Bock auf Mathe, keinen Bock auf Schule habe, sondern viel lieber zu David ins Krankenhaus gehen und einfach bei ihm sein möchte?

Immer dieses Verstellen, dieses Vorgeben.

Nein. Ich will nicht!

Entschlossen drehe ich mich um und laufe über den Schulhof zurück zur Straße zu den Fahrradständern. Schneller, als ich mein Rad abgeschlossen hatte, ist das Schloss nun geöffnet.

Gerade als ich mich auf meinen Sattel schwingen möchte, sehe ich tatsächlich – was für eine Scheiße! – Frau Wurster im Anmarsch. Ein Ausweichen – zwecklos. Sie hat mich bereits gesehen und auch realisiert, dass ich sie gesehen habe. Wie unangenehm. Jetzt geht nur noch die typische Augen-zu-und-durch-Methode.

Ich ziehe es vor, mein Rad so lange zu schieben, bis ich Frau Wurster passiert habe.

„Hallo, Jonas, du gehst wieder? Geht es dir nicht gut?“, fragt sie mich mit einem süßlichen, besorgten Unterton. Natürlich weiß auch sie von meiner Erkrankung und das mache ich mir jetzt einfach mal zunutze.

„Fühle mich nicht so wohl und gehe nach Hause“, antworte ich und verziehe, gespielt leidend, mein Gesicht. Wie abstoßend eigentlich. Ich hasse es, dass mich vor allem die Lehrer mit Samthandschuhen anfassen, und reite dann dennoch auf dieser Welle. Und vor allem gebe ich vor, dass es mir nicht gut geht, dabei sollte ich doch froh sein, wie es mir momentan geht!

Ekelhaft von mir.

Andererseits … was soll ich ihr sagen? Die Wahrheit? Das erzeugt nur Gegenfragen und vermutlich einen Anruf bei meinen Eltern, die mich dann wiederum belagern und behämmern. Sorgenvolle Gespräche und sorgenvolle Blicke sind die Folge.

Und das alles will ich nicht!

„Dann komm gut nach Hause und hoffentlich bist du morgen wieder fit“, sagt sie süß lächelnd und mit mitfühlender Stimme.

Boah. Durchatmen. Nicht aufregen, Jonas, denn jetzt in diesem Moment ist das ja gerade für dich der bessere Weg, als wenn sie kritisch oder abweisend reagiert hätte.

„Vielen Dank.“ Ich lächele ihr auch zu und setze zügig meinen Weg fort, indem ich mein Rad schiebe. Nur schnell weg von hier.

Ich drehe mich nach ihr um, vergewissere mich, dass sie aus dem Blickfeld ist, und setze mich dann auf meinen Sattel. Kraftvoll trete ich in die Pedale … dabei geht es mir doch nicht gut, das sagte ich zumindest gerade noch zu ihr. Eigentlich kacke, dass ich diese Karte gespielt habe. Denn mit Krankheit und Unwohlsein spielt man nicht … und ich sollte das schon gleich zweimal nicht tun.

Aber gut. Sie war effektiv und bringt mich auf dem schnellsten Weg zu David. Das zählt jetzt für mich!

Spüre den Fahrtwind in meinem Gesicht. Atme tief durch und versuche, das Tempo zu halten.

Dabei wäre es eigentlich so einfach gewesen, ihr zu sagen, dass ich zu meinem Bruder ins Krankenhaus möchte. Gut, Bruder hätte ich besser nicht gesagt, sonst hätte es wieder Fragen erzeugt, aber hätte ja auch einfach Freund sagen können. Mein Freund. Also mein richtiger Freund.

Mein Beziehungsfreund?

Häh?

Was ist das denn für eine Frage? Nur weil wir uns geküsst und gewichst haben? Also … ach, was mache ich mir da wieder für Gedanken? Fakt ist, ich hätte vor ihr nicht lügen müssen und habe es dennoch getan. Wobei es mir ja, streng genommen, auch wirklich nicht gut gegangen wäre, wenn ich im Unterricht gesessen hätte. Insofern ist das ja also keine richtige hundertprozentige Lüge gewesen, denn im Kern stimmt ja die Aussage.

Ich komme an einer roten Ampel zum Halten. Na ja, man kann sich alles zurechtbiegen, wenn man es will.

Die Ampel springt auf Grün und ich trete wieder wie ein Irrer in die Pedale. Immer schneller.

Will mir jetzt aber keine Gedanken mehr machen. Die fucken mich nur ab.

Ich biege links in die Kerpener Straße ein und kann schon den großen Krankenhauskomplex am Ende der Straße erkennen.

Will einfach nur die gemeinsame Zeit mit David genießen – ohne Wenn und Aber. Ich muss lächeln, wenn ich an seine ausgefallenen Socken denke und wie stolz er darauf immer ist, wie gut die besonders in den schwarzen Adiletten zur Geltung kommen. Sein Blick … seine Art.

Ein ganz vertrautes, inniges Gefühl breitet sich in mir aus. Was er wohl gleich sagen wird, wenn ich schon so früh zu ihm komme?

Spüre ein Kribbeln in mir und eine Nervosität, die ich in dieser Form noch nicht hatte.

Liegt es an gestern?

Also ich meine, ich bin ja immer gerne in seiner Nähe und die Zeit mit ihm tut mir einfach sehr gut. Aber das, was gestern zwischen uns passiert ist, hat noch mehr bei mir ausgelöst.

In Windeseile kette ich mein Rad an einem Halteverbotszonenschild an, weil ich keinen Platz mehr bei den Fahrradständern finde.

Mit meinem Rucksack auf dem Rücken gehe ich schnell ins Krankenhaus. Unruhig und mit einem noch stärkeren Kribbeln stehe ich vor den Aufzügen. Mir ist plötzlich ganz heiß und in mir ist diese enorme Freude, ihn gleich zu sehen. Ein irres und mir unbekanntes Gefühl. Ich beginne, leicht zu schwitzen.

Heute Nacht habe ich von einem minutenlangen Kuss mit David geträumt. Dabei haben sich unsere Lippen immer wieder berührt, unsere Zungen sind umeinander gekreist, wir haben beim anderen an den Lippen leicht geknabbert und konnten nicht mehr aufhören. Es war unfassbar schön und mega. So mega, dass ich davon einen feuchten Traum bekam und aufgewacht bin. Dabei hätte ich gerne noch „erlebt“, wie es nach dem Küssen zwischen uns weitergegangen wäre.

Hatte es leider nicht mehr geschafft, mich zurück in den Traum zu versetzen. Aber zum Glück sehe ich ihn ja gleich face to face.

Das Bling-Geräusch ertönt und die Aufzugstüren gehen auf. Schnell drücke ich die 8 für die Onkologie-Station.

Ich betrachte mich wieder im Aufzugsspiegel und prüfe, ob meine Frisur sitzt. Auch heute habe ich wieder länger im Bad – hab mich extra untenherum rasiert – und für mein Outfit gebraucht: türkisfarbener Hoodie auf schwarzer Jeans mit blau-rot-karierten Vans. Mir ist wichtig, wie ich aussehe, und vor allem ist mir wichtig, dass David mich gut findet.

Ich fahre mir mit der Zunge über meine Schneidezähne. Flugs hole ich mir aus dem Rucksack die Tic-Tac-Packung „fresh mint“ heraus, um mir drei direkt in den Mund zu stecken. Schließlich soll mein Atem gut sein … Man kann ja nie wissen! Wieder muss ich lächeln.

Boah, gleich sehe ich ihn!

Ich betrete die vertraute Onkologie-Station. Spüre nun ein leichtes Schwitzen in meinen rasierten Achseln und habe das Gefühl, als wäre mein Kopf feuerrot vor Hitze. Zusätzlich rast mein Herz und die Nervosität ist exponentiell angestiegen. Alles gepaart mit einem unbeschreiblichen Gefühl der Freude.

Ich laufe den Gang entlang, beachte die vier hier stehenden Jugendlichen gar nicht.

Ich zögere kurz, als ich vor der Tür von Davids Zimmer angekommen bin. Soll ich anklopfen oder einfach die Tür aufreißen? Ich lausche an der Tür, kann aber nichts wahrnehmen. Daher entscheide ich mich für die zweite Variante. Ich reiße die Tür auf und trete ins Zimmer.

„Überraschung!“, rufe ich, lasse die Tür ins Schloss fallen und laufe schnell zu David ans Bett. Der bekommt einen Schreck und schaut mich verwundert an: „Ist denn schon sechzehn Uhr?“

Ich muss bei seinem verwirrten Gesichtsausdruck grinsen und antworte trocken: „Bei mir schon. Bei dir nicht?“

Er lächelt und nickt mir zu, worauf ich erst einmal gar nicht reagieren kann. Schweiß, Wärme, Herzklopfen – ein krasses, aber irgendwie auch tolles Gemisch bei mir.

Ich setze mich zu ihm auf das Bett, würde ihn gerne berühren, aber seltsamerweise traue ich mich nicht. Bin plötzlich gar nicht mehr so locker. Ich schaue ihn an und merke sofort, dass es ihm heute nicht gut geht.

„Diese Scheißkotzerei.“ Er schüttelt den Kopf. „Das macht mich so fertig.“ Er will nach einer Nierenschale auf seinem Nachttisch greifen, doch bevor er sie erreichen kann, gebe ich sie ihm.

„Sorry.“ Kaum hat er das gesagt, beginnt er zu würgen. Er richtet sich etwas auf und beugt sich über die Nierenschale. Ich stütze ihn am Rücken. Wie gut ich das Gefühl kenne. Sekundenlang muss er nur trockenwürgen, bevor er endlich etwas Galle erbrechen kann. Ich halte ihn die ganze Zeit am Rücken und spüre die vertraute Körperwärme.

Er atmet tief durch, putzt sich den Mund mit einem Taschentuch ab und legt sich zurück auf die Matratze. Kurzerhand nehme ich ihm die Nierenschale ab und reinige sie auf seiner Toilette am Waschbecken.

„Danke“, sagt er leise, als ich zurückkomme und ihm die Schale auf den Nachttisch stelle. „Schön, dass du da bist!“

Ich lächele: „Hätte jetzt nicht im Unterricht sitzen können.“

David nickt und lächelt auch ein bisschen. Ich setze mich zu ihm auf den Stuhl neben dem Bett, schaue ihn an. Immer wieder fallen seine Augen zu. „Hab heut schon so viel gekotzt“, sagt er leise.

Ob ich seine Hand berühren soll? Darf ich ihn streicheln? Oder soll ich mich zu ihm aufs Bett setzen? Aber ich will ihn auch nicht bedrängen und kenne ja aus eigener Erfahrung, dass man am liebsten seine Ruhe möchte, wenn es einem so schlecht geht. Bewegungen habe ich da selbst immer vermieden.

Ich betrachte sein Gesicht. Höre ihn leise atmen. Scheint, als würde er schlafen. Seine Augen sind geschlossen, doch sehe ich, wie sie sich hinter den geschlossenen Lidern bewegen. Es tut gut, bei ihm zu sein und seine Nähe zu spüren, auch wenn ich ihn nicht berühre. Er bedeutet mir so viel … und es ist mehr.

Irgendwie.

Zumindest bei mir.

Liebe ich ihn? Immerhin haben wir uns geküsst, uns gestreichelt, ich habe ihm einen runtergeholt … wir waren uns ganz nah. Aber würde ich sagen, dass ich ihn liebe?

Was ist Liebe?

Verliebt sein? Kenne das Gefühl nicht, aber spüre dieses Verlangen nach ihm, die Sehnsucht, bei ihm sein zu wollen, wenn ich nicht bei ihm bin. Und dann die vielen Gedanken an ihn, wenn ich ihn nicht sehe. Was er wohl gerade macht, was er denkt, wie es ihm geht.

Fühlt sich so Liebe an?

Ich presse meine Lippen aufeinander, während ich beobachte, wie er so daliegt. Fakt ist, dass er immer noch die einzige Person ist, mit der ich mich auf einer Ebene fühle. Das ist einerseits für mich ein inniges Gefühl. Und andererseits ist es aber noch mehr, denn er zieht mich definitiv auch körperlich an. Könnte ihn auch jetzt schon wieder berühren, ihn küssen, ihn streicheln – einfach körperlich ganz nah bei ihm sein. Dieses Gefühl habe ich sonst bei anderen Jungs nicht. Überhaupt haben mich bis jetzt Oberkörper oder auch Schwänze von Jungs nicht angezogen. Und das wäre doch so, wenn ich schwul wäre.

Oder?

Dann steht man doch komplett auf Jungs und kann sich nichts mit Mädchen vorstellen. Allerdings bin ich ja offensichtlich auch nicht hetero, wenn ich mit David rummache und dieses Gefühl auch immer wieder haben möchte.

Dann doch eher bi. Oder?

Bin ich bi?

Ich bin und bleibe verwirrt ... und plötzlich erinnere ich mich wieder an die Nachricht, die er mir schrieb: *Mach dir keine Gedanken*.

Ist das alles für ihn leichter? Oder mache ich hier aus einer Lappalie etwas Großes? Mein Gott, wir haben geküsst, ich habe seinen Schwanz berührt. Bei „Crazy" von Benjamin Lebert haben die Jungs Kekswichsen gemacht und anschließend musste der Verlierer den Keks mit all dem Sperma essen. Da haben die auch voreinander gewichst. Gut, nicht geküsst, aber vielleicht gehört das auch einfach dazu. Was ist denn dabei, sich auszuprobieren?

Ach, scheiße. Ich will darüber nicht mehr nachdenken. Es ist, wie es ist. Die Scheiß-Gedanken bringen nichts. Zumindest jetzt nichts!

Ich stehe vorsichtig auf, um ihn nicht aufzuwecken. Will mal ein bisschen an die Luft nach unten in den Krankenhauspark, um dann nachher wieder zurückzukommen.

Ganz vorsichtig und langsam setze ich einen Schritt vor den anderen, doch ich komme nicht weit. „Wohin gehst du?", höre ich ihn sagen. Ich drehe mich um, schaue zu ihm.

„Wollte dich nicht stören und dachte, ich gehe ein bisschen runter in den Park." Ich laufe zurück zu seinem Bett.

„Tut mir leid." Er schaut mich an.

„Häh? Dir braucht doch nichts leid zu tun!" Ich bleibe vor ihm stehen. „Muss eingeschlafen sein", sagt er leise.

„Das ist doch okay!" Ich streichele kurz über seine Hand. „Dafür musst du dich doch nicht entschuldigen!

„Bin heute so müde." Er nickt mir zu.

„Mmh." Wir halten den Blickkontakt. „Wie gerne würde ich dich einfach mitnehmen."

„Und wohin?" Er muss kurz trockenwürgen, aber nicht kotzen.

„An den Rhein auf die Südbrücke und dann bis zu der Stelle mit der kleinen Ausbuchtung, also wo die gemauerte, graffitibeschmierte Brüstung ist."

„Und dann?", fragt er weiter nach.

„Dann würden wir den Möwen zuschauen, wie sie sich im Wind treiben lassen."

„Und dann?"

„Schiffe beobachten, wie sie leer oder mit Ladung unter der Brücke hindurchfahren."

„Und dann?" Er grinst leicht.

„Tief einatmen …"

„Und dann?"

Ich muss lachen.

„Sag!" Er lässt nicht locker.

Ich warte einen Moment. „Dann würde ich dich küssen!"

„Würdest du nicht!", gibt er zurück.

Fragend schaue ich ihn an, seine direkte Antwort überrascht mich.

„Würdest dich das nicht trauen." Er schließt kurz seine Lider, die wieder schwer zu werden scheinen.

„Doch, würde ich mich – und zwar richtig, mit Zunge!" Ich nicke ihm zu.

Er lächelt. Für einen Moment sagen wir nichts mehr. Schauen uns nur an, so als würden wir uns just in diesem Augenblick auf der Südbrücke bei der Ausbuchtung befinden.

Ich setze mich zurück auf den Stuhl. Er schließt wieder die Augen.

„Das fühlt sich gut an", sagt er leise.

Ich greife nach seiner Hand, halte sie fest und schließe auch meine Augen – bereit, in unsere Traumwelt zu gleiten …

Endlich stehen wir auf der Südbrücke bei der kleinen Ausbuchtung. Lehnen uns an die Mauerbrüstung. Im Hintergrund befindet sich ein metallener Zaun, der die Begrenzung zu den beiden Gleisen darstellt, die über die Brücke führen. Zum Glück fährt momentan kein Zug und auch sonst sind keine Fußgänger zu sehen.

„Du riechst gut heute." Ich lächele.

„Doch nicht nur heute. Immer!" Verschmitzt lächelt er mich an.

Wir nehmen uns in den Arm und beginnen uns zu küssen.

Vereinzelt sind Schiffe zu hören, die unter der Brücke durchfahren, und dann auch wieder Laute von Möwen, die es hier am Rhein in großer Anzahl gibt.

Ich lasse meine Hand unter sein T-Shirt wandern und spüre eine leichte Gänsehaut. Ich liebe es einfach, seinen zarten Flaum vom Bauchnabel runter zu den Schamhaaren zu berühren. Könnte ihn da ewig streicheln …

Für einen Moment hören wir auf, uns zu küssen. Wir schauen uns in die Augen.

„Jetzt die Titanic-Pose … du vorne und ich hinter dir!" Ich schiebe ihn vor mich und stehe ganz dicht hinter ihm.

„Das ist kitschig!" Er lacht, „aber nice …"

Ich lächele. Während er sich Richtung Rhein ganz nah an die Brüstung von der Ausbuchtung auf der Brücke drückt, rücke ich noch näher von hinten an ihn heran, sodass sich unsere Körper berühren. Er streckt die Arme weit von sich wie einst Kate Winslet und ich umarme ihn. „Hörst du den Song?", frage ich ihn.

„Doppel-Kitsch!", sagt er leise.

„Aber nice", mache ich ihn nach.

Wieder ist es für einen Moment still. Nur vereinzelt sind Möwen zu hören, die uns zu umkreisen scheinen. Wenn ich könnte, würde ich jetzt den Moment anhalten.

Ich höre David leise röcheln und öffne die Augen. Er scheint eingeschlafen zu sein – „auf der Brücke". Ich muss grinsen, wie ich ihn so liegen sehe. Genau das waren die Momente, die mir so viel Kraft gegeben haben, als ich selbst noch hier war. Unser gemeinsames Hinwegträumen.

Ich versuche, mich nicht zu bewegen, und bleibe einfach sitzen. Will ihn nicht aufwecken.

Bestimmt wäre es jetzt dem einen oder anderen langweilig und er würde auf seinem Handy rummachen. Doch ich brauche das nicht. Auch wenn sich das bescheuert anhören mag, aber es reicht mir, ihn sehen zu können, ihn atmen zu hören und zu beobachten, wie sich die Decke mit jedem Atemzug hebt und senkt. Zeit ist hier relativ.

Fühlt sich so Liebe an?

*

Ich schiebe mein Rad und lasse den Krankenhauskomplex hinter mir. David hat fast die ganze Zeit gedöst oder wirklich geschlafen. Bei der Verabschiedung habe ich ihn auf die Wange geküsst – er hat den Kuss wohl gespürt, weil er etwas gelächelt hat. Aber heute war er so schwach – erschreckend.

Langsam laufe ich mit meinem Rad die Straßen entlang. Will noch gar nicht nach Hause. Es war schön, ihn heute gesehen zu haben, aber auch belastend, weil es ihm so schlecht ging. Ein Zustand, der sich wohl nicht mehr richtig bessern wird. Die Ärzte geben ihm zwar gerade eine erneute Chemotherapie gegen die Metastasen, aber die Aussicht ist düster.

Was für ein Wechselbad von gestern zu heute.

Wie gehe ich nur damit um?

Also mit seinem Zustand?

Mit der schlechten Aussicht?

Mit meinen Gefühlen?

Mit meinem Verlangen?

Mit der ganzen Schwul-, Hetero-, Bi-Thematik?

Mit meiner Liebe?

Ich mache mir Sorgen um ihn, habe Angst, sein Zustand könnte sich weiter verschlechtern, möchte am liebsten die ganze Zeit bei ihm sein, dabei muss ich aber mein Leben selbst auf die Reihe bekommen. Meine Eltern erwarten und wollen das natürlich, ich ja auch, aber in die Schule zu gehen, all die mir fremd gewordenen Gesichter zu sehen, voranzugehen und doch nur eines zu wollen: bei David sein.

Mich überfordert das alles. Blockiert mich. Ich weiß nicht, was ich machen und wie ich mich verhalten soll.

Mein Handy vibriert. Es ist ein Anruf meiner Mutter, den ich kurzerhand wegdrücke. Bin mittlerweile mit meinem Fahrrad bei der Universitätsstraße angekommen. Bleibe an der Ampel stehen. Ein Auto nach dem anderen fährt an mir vorbei. Die dreispurige Universitätsstraße ist immer sehr stark befahren. Viel Lärm und Trubel – und dann natürlich noch die ganzen Studenten mit ihren Rädern oder Rollern. Ich stehe da, um mich herum scheint sich alles zu bewegen, nur ich weiß nicht, in welche Richtung ich mich bewegen soll. Ich starre auf die Ampel, die nicht grün wird. Müsste eigentlich nach Hause, meine Mutter macht sich bestimmt schon Sorgen, will lieber zurück zu David, der aber jetzt seine Ruhe braucht, dann vielleicht doch eher zum Rheinauhafen und zur Südbrücke?

Erneut vibriert mein Handy. Dieses Mal ist es nur eine Nachricht. Natürlich von meiner Mutter: *Wo bist du? Ist alles in Ordnung? Melde dich bitte.*

Ich atme tief durch. Nichts ist in Ordnung. Aber ja, ich fahre dann jetzt nach Hause. Es ist nun grün – doch in mir ist es rot. Schwinge mich auf den Sattel und überquere die Straße.

*

Ich stehe auf dem Pausenhof – große Pause. Überall sind Schüler, Geschrei ist zu hören, überall wird gesprochen, gelacht.

Ich bin wieder im Gesellschaftszug, doch obwohl ich eingestiegen bin, fühle ich mich nicht als Teil davon. Und das Schlimme: Ich will die anderen nach wie vor gar nicht sehen, mich gar nicht mit ihnen auseinandersetzen müssen.

Ja, ich will eigentlich wieder aussteigen! Aber natürlich nicht ein vom Krebs gezwungener, sondern ein von mir selbst gewählter Ausstieg.

Ich sondere mich ab, sodass mich niemand sehen kann. Eigentlich wäre ich heute wieder zu David ins Krankenhaus gefahren, aber wir haben am Morgen schon kurz telefoniert. Er fühlt sich noch schlechter und er bat mich, nicht zu kommen. Ich kann ihn verstehen, dennoch nahm es mir die ganze Energie – eine Energie, die ich eigentlich nur seinetwegen habe.

Ich wollte ihm von der bevorstehenden Klassenfahrt nach Berlin berichten. Wir sollen das Holocaust-Denkmal anschauen. Eigentlich total interessant, aber momentan ist mir gar nicht nach einer Klassenfahrt. Es ist zwar nur ein verlängertes Wochenende – also Freitag mit dem Zug hin und am Montag wieder zurück –, aber trotzdem. Habe schon bei meinen Eltern anklingen lassen, dass ich da nicht mitfahren möchte. Das konnten sie natürlich wieder nicht verstehen. Ich sollte mich nicht in meiner neuen Klasse ausgrenzen, sondern die Chance nutzen. Außerdem würde mir ein bisschen Abstand guttun, ich würde dann auch mal etwas anderes sehen. Raus aus dem Alltag. Meine Klassenlehrerin hat auch schon mit mir gesprochen – initiiert von meiner Mutter – und mir die Vorteile der kurzen Reise dargelegt.

Wie alle zu wissen scheinen, was gut für mich ist.

Raus aus dem Alltag – ich habe doch nach wie vor keinen richtigen Alltag. Meine Eltern wissen, dass ich ein enges Verhältnis zu David habe, aber erahnen nach wie vor nicht, wie das zwischen uns wirklich ist. Und sie kennen natürlich auch all meine Gedanken nicht – wie auch? Ich lasse sie daran nach wie vor nicht teilhaben. Ich glaube, meine Mutter macht sich große Sorgen, dass mich Davids Zustand runterzieht, blockiert und ich selbst dadurch nicht nach vorne schaue. Sie hat das so nicht gesagt, aber es lässt sich aus ihren umschreibenden Worten interpretieren.

Fühle mich gerade echt wieder leer. Da ist sie wieder, diese Leere!

Ich überlege einen kurzen Moment und verlasse schließlich den Pausenhof. Ich gehe wie von selbst zu meinen Fahrrad. Kurzerhand öffne ich das Schloss und fahre weg.

Meine Entscheidung ist gefallen!

Ich werde zu David ins Krankenhaus fahren, auch wenn ich noch meine Schulsachen im Unterricht habe! Aber ich muss zu ihm – auch wenn er es nicht möchte.

Das Gefühl in mir ist so stark, das Verlangen, bei ihm zu sein – es würde mich zerreißen, wenn ich ihn nicht sehen könnte.

*

Ich bewege mich ganz langsam zu ihm ans Bett. Er hat die Augen geschlossen. Wie ich ihn so sehe, weicht schlagartig die Leere und das extreme Kribbeln übernimmt meinen Körper. Es ist einfach seine Anwesenheit – auch wenn sein Gesundheitszustand nicht gut ist. Aber Hauptsache, ich darf bei ihm sein!

Und da ist es auch wieder, mein Verlangen. Mein Verlangen, ihn zu berühren, ihn zu küssen – mein Verlangen nach mehr. Ich setze mich auf den Stuhl an seinem Bett und streichele ihm über den Arm. Ganz vorsichtig. Ganz leicht.

„Du solltest doch nicht kommen.“ Er öffnet die Augen und schaut mich an.

„Tut mir leid. Ich konnte nicht anders.“ Ich zucke mit den Schultern.

Er lächelt und nickt mir zu.

„Schwänzt du wieder die Schule?“, fragt er mit müder Stimme.

„Egal“, antworte ich nur knapp.

„Nee, nicht egal. Das ist doch wichtig.“ Er schluckt.

„Du klingst schon wie meine Mutter!“ Ich kratze mich an der Stirn.

„Hab von dir geträumt.“ Er lächelt wieder.

„Was war das für ein Traum?“, will ich wissen.

„Mmh!“, antwortet er, was mich nur noch neugieriger macht.

„Jetzt sag!“ Ich kneife ihn in den Oberarm.

Doch er spricht nicht weiter. Ich stehe vom Stuhl auf und setze mich zu ihm auf das Bett.

„Sag schon!“, fordere ich ihn erneut auf. „Das ist echt unfair – anfangen und dann nicht weitermachen!“

„Wir waren auf der Südbrücke.“ Er nickt mir zu. „Mitten in der Nacht.“

„Und dann?“, frage ich ungeduldig nach.

„Dann haben wir uns geküsst und …“ Er setzt kurz ab, „… uns gegenseitig einen gewichst – auf der Brücke bei der kleinen Ausbuchtung.“

Ich schnalze mit der Zunge.

„Und das Lustige war, während wir uns gegenseitig einen runtergeholt haben, saß eine Möwe auf dem Brückengeländer und hat uns dabei beobachtet – bis zum Schluss.“ Er grinst mich an. „Das war wirklich irre – mega!“

Ich kann mich nicht mehr zurückhalten und gebe ihm einen Kuss. Meine Zunge bahnt sich den Weg in seinen Mund. Unsere Zungen berühren sich ganz sanft – immer und immer wieder. Dann muss er plötzlich husten, was unseren Kuss abrupt beendet.

„Sorry“, sagt er. Ich schließe nur kurz die Augen und schüttele den Kopf. Ich fühle mich so zu ihm hingezogen. „Versprich mir bitte, dass du bald alleine nach Malibu fliegen und unsere Reise machen wirst!“ Er schaut mich an.

„Wir machen die zusammen – das ist unser Ziel!“, entgegne ich und greife nach seiner Hand.

„Das wird nicht gehen.“ Er schluckt.

„Natürlich geht das!“, sage ich entrüstet.

Wie kann er nur so etwas sagen?

„Ich kann echt nicht mehr.“ Erschöpft schüttelt er den Kopf.

Ich presse meine Lippen zusammen, atme kurz aus. Ich drücke seine Hand.

„Ich hab das alles so satt, die Chemo, das Kotzen, die ständigen Untersuchungen, die Metastasen, die sich weiter ausbreiten … einfach alles.“

Ich beobachte ihn, wie er so spricht. Seine Stimme ist in diesem Moment nicht brüchig, sondern ganz klar und bestimmt. Ich würde gerne entgegnen, dass die Behandlungen im Krankenhaus wichtig sind, er doch nur dann wieder gesund wird, aber ich bekomme die Worte nicht über die Lippen. Ich kann ihn verstehen – jedes einzelne Wort, jeden einzelnen Gedanken. Wieder drücke ich nur kurz seine Hand.

„Der Krebs ist zu stark für mich. Ich bin zu müde, um weiterzukämpfen." Er macht eine Pause, lächelt. „Daher versprich mir bitte, alleine nach Malibu zu fliegen!"

„Das kann ich nicht." Ich beiße mir auf die Lippen.

„Bitte", setzt er nach. „Fliege alleine und schick mir Fotos und mach Videos vom Strand. Das würde mir sehr viel bedeuten."

Ich schüttele nur den Kopf. Doch er lässt nicht locker.

„Ich verrate dir dann auch ein Geheimnis – da wirst du sehr erstaunt sein." Er beginnt zu würgen, aber muss zum Glück nicht kotzen.

„Hmmm." Es fällt mir so schwer, seine Bitte abzulehnen, weil ich ja merke, wie wichtig es ihm ist. Aber annehmen kann ich sie auch nicht.

„Deal?" Er bleibt am Ball, will unbedingt, dass ich ihm das Versprechen gebe.

Wie er mich so anschaut mit seinem zarten Gesicht, wie seine Stimme klingt – es gelingt mir nicht, hart zu bleiben.

„Okay", sage ich mit großer Überwindung, obwohl sich innerlich bei mir alles dagegenstemmt.

„Danke." Er lächelt und drückt leicht meine Hand.

„Und was ist jetzt dein Geheimnis?"

„Du erinnerst dich an unsere Wette mit den Brombeeren und deiner Mutter?"

„Ja, klar. Ich hatte gewettet, dass meine Mutter mir keine Brombeeren mitbringt, weil sie das noch nie gemacht hatte, und du warst dir sicher, dass sie welche dabei hat. So war es dann auch. Schöne Scheiße! Hab verloren und musste Tanja küssen." Ich schüttele den Kopf. „Das war so peinlich!"

„Ich hab betrogen." Er schmunzelt.

„Waaas?" Ich hätte mit allem gerechnet, aber nicht damit.

„Du hattest geschlafen, als deine Mutter ins Zimmer kam. Da hatte ich ihr dann leise gesagt, dass du heute Morgen die ganze Zeit von Brombeeren geschwärmt hast und wie gerne du welche essen würdest. Sie soll dir aber bloß nicht sagen, dass ich ihr davon erzählt habe …“

„Das ist jetzt nicht dein Ernst, oder?“ Ich schüttle den Kopf und schnalze mit der Zunge.

„Und dann ist deine Mutter schnurstracks aus dem Zimmer gegangen, um welche zu kaufen. Das war ganz einfach und mein großes Glück, dass du geschlafen hast … Sonst hättest du gewonnen!“ Er lächelt zufrieden.

„Das glaube ich jetzt nicht.“ Ich schüttele den Kopf und muss mir das Grinsen verkneifen.

„Doch. Du kannst sie fragen. Sie war mir sogar richtig dankbar für den Tipp …“ Er nickt mir zu. „Und als du wach geworden bist, war sie zurück und hat ihre Tüte mit den ganzen Früchten und eben auch den Brombeeren ausgebreitet. Bingo für mich.“

„Du Betrüger!“ Ich zwinkere ihm zu.

„Hätte nicht gedacht, dass das alles so nahtlos passt. Aber hatte einfach Glück.“ Er macht eine Pause. „Und du Pech!“ Er lächelt mich an.

„Echt gemein von dir. Die Wette wird annulliert und du als Betrüger abgestempelt!“ Ich lasse seine Hand los und kneife ihm in die Wange. „Aber jetzt kann ich dir ja auch etwas anvertrauen.“ Ich bringe mich auf seinem Bett sitzend in eine aufrechte bedeutungsschwangere Position – Rücken ganz gerade – und räuspere mich. „Auch ich habe betrogen!“

„Wie bitte?“ Fragend schaut mich David an. Damit hätte er wohl jetzt nicht gerechnet.

„Ich hatte Tanja im Vorfeld eingeweiht und sie gebeten, dass sie mitmacht. Daher bin ich damals aus dem Zimmer gegangen!“

„Boah, wie hinterfotzig!“ David grinst.

„Genau wie du es gemacht hast!“ Ich lächele ihn an.

„Und dann hat sie mir an dem besagten Tag einfach den dezenten Hinweis gegeben, dass sie bereit ist, indem sie zu mir an das Bett kam und ein Taschentuch aus der Hose gezogen hat. Sozusagen unser Zeichen. Hätte nicht gedacht, dass sie das macht, weil sie meine Bitte im Schwesternzimmer zuerst abgelehnt hatte."

„Was für ein Schauspiel von euch!" David grinst. „Jetzt wird mir klar, warum du dich das getraut hast! Tzzz."

„Aber hey, wir beide haben betrogen – daher Ausgleich!" Ich warte einen Moment und gebe ihm dann erneut einen innigen Zungenkuss. „Mein Betrüger", flüstere ich leise in sein Ohr und knabbere leicht an seinem Ohrläppchen.

Wir lösen uns voneinander. Dann wird David noch mal ernst.

„Danke, dass du nach Malibu fliegen wirst." Er schluckt, fährt sich mit der Zunge über die Lippen.

„Unser Malibu", korrigiere ich ihn.

„Du bist toll", haucht er mir zu, während sein Blick verschwimmt.

Seine Worte treffen mich direkt ins Herz. Meine Gefühle für ihn – unbeschreiblich.

Ja, so muss sich Liebe anfühlen!

*

Was mache ich nur hier?

Ich sitze in einer Kneipe mit meinen Klassenkameraden irgendwo in Berlin-Kreuzberg und komme mir so fehl am Platz vor. Mir geht auch auf die Nerven, dass die beiden Lehrer immer wieder nach mir schauen – stehe da unter besonderer Beobachtung. Mit Sicherheit hat das meine Mutter forciert.

Und dabei wollte ich doch gar nicht mit nach Berlin!

Warum habe ich dann aber nachgegeben – all dem Drängen meiner Eltern, der Lehrer und sogar David am Telefon?

Es sei wichtig für mich. Das haben alle gesagt

Was wissen die schon, was wirklich wichtig für mich ist?

Und jetzt sitze ich hier bei den Spacken, mit denen ich nichts anfangen kann und auch nichts anfangen will. Wie die Jungs die Mädchen anbaggern und umgedreht – ist nicht meine Welt.

Ich stehe auf und verlasse das Restaurant. Zum Glück haben wir schon gegessen und jeder trinkt jetzt nur noch etwas. Sofort kommt mein Geschichtslehrer hinter mir her: „Wo gehst du hin?"

„Kann ich nicht mal einen Moment durchatmen – alleine?", raunze ich ihn an und gehe drei Schritte weiter.

„Okay, komm dann aber bitte wieder zurück!" Er lässt von mir ab und ich höre, wie er zurückgeht.

Ätzend. Einfach alles ätzend.

Ich hole mein Handy heraus und schreibe David eine Nachricht: *Ich hätte nicht mitfahren sollen. Echt scheiße hier. Wäre lieber bei dir!*

Ich verschicke die Nachricht, sie wird zugestellt, bleibt jedoch ungelesen.

In diesem Moment kommt Marta zu mir – aufgedonnert und ihre Titten entsprechend positioniert. Soll mich bloß in Ruhe lassen!

„Warum stehst du denn hier draußen?", will sie von mir wissen und macht einen weiteren Schritt auf mich zu.

„Weil ich will!", antworte ich ablehnend.

Sie hakt sich bei mir ein und sagt forsch: „Lass uns zurück ins Hostel gehen, hab hier auch keinen Bock mehr."

Ich schaue sie verdutzt an, doch wehre ihr Einhaken auch nicht ab.

Sie hat recht: Zurück ins Hostel! Warum eigentlich nicht? Weg von hier und weg von der „Bemutterung" und speziellen Aufsicht der Lehrer.

„Okay", sage ich knapp.

Wir laufen die Bergmannstraße entlang, in der sich viele kleine Shops an Cafés, Restaurants und Bars reihen. Man merkt schnell, dass die Straße bei Touristen beliebt ist, weil hier sehr viele unterwegs sind. Marta hat sich bei mir noch enger eingehakt, muss mich aber immer wieder loslassen, wenn uns Passanten entgegenkommen und wir ihnen ausweichen müssen.

Was für ein Trubel kurz vor 23 Uhr. Ich weiß, das ist keine Zeit für Berlin, aber finde ich es schon extrem. Da kann Köln in der Form nicht mithalten.

„Warum gehst du uns denn immer aus dem Weg?", fragt sie mich plötzlich.

Ich zucke nur mit den Schultern. Will jetzt nicht mit ihr über mich reden.

„Du bist schon strange." Sie lächelt mich an.

„Ja", gebe ich ihr wieder schroff zurück.

„Ich mag das." Ich spüre ihren kurzen Druck an meinem Arm. Reagiere nicht darauf, sondern bin froh, dass wir wieder einer Gruppe von Touristen – den Gesprächsfetzen nach zu urteilen, kommen sie aus Griechenland – kurz auf die Straße ausweichen müssen, weil sie das ganze Trottoir in Beschlag nehmen.

Wir kommen an einer Ampel zum Stehen. In der Nacht sieht die bunte Reklame an den Restaurants und an den Bars besonders ansprechend aus – finde ich. Eine spezielle Atmosphäre, auf die ich jedoch jetzt gerne verzichten könnte.

Auch stechen die restaurierten Häuserfassaden, die wohl aus der Gründerzeit stammen, hervor und sind schön anzuschauen. Aber eben nicht mit Marta. Das wäre mit David anders! Wenn er nur hier wäre …

Die Ampel springt auf Grün und wir laufen weiter, ohne etwas zu sprechen. Wir werden bestimmt von den Passanten für ein Pärchen gehalten, so eng, wie wir laufen. Irgendwie will ich mich die ganze Zeit von ihr lösen, aber ich bekomme es nicht hin. Absurd! Finde die Situation nicht angenehm.

Wir kommen an einem Kiosk vorbei. „Warte mal kurz, ich besorge uns etwas." Marta löst sich von mir und kauft kurzerhand vier Bierflaschen und zwei Jägermeister – zu meiner Verwunderung wird sie gar nicht nach dem Ausweis gefragt. Sie hat Mühe, die Flaschen heil zu uns zu bringen.

Beim Kiosk stehen viele Menschen unterschiedlichen Alters und unterschiedlicher Nationalität. Es ist laut, es wird gelacht, geraucht, viel gesprochen und immer wieder getrunken.

Die sehen alle so unbeschwert, so glücklich aus – zumindest ist das gerade mein Gefühl.

Und ich?

„Prost." Marta stellt die vier Bierflaschen auf den Boden und öffnet erst mal die beiden kleinen Jägermeisterfläschchen. Sie streckt mir eine entgegen und wartet darauf, dass ich sie nehme.

Hab ja schon Ewigkeiten keinen Alkohol mehr getrunken – und schon gar keinen Jägermeister, den ich eigentlich widerlich finde. Dennoch nehme ich ihn. In diesem Moment vibriert mein Handy. Ich hole es sofort aus der Tasche, doch bin enttäuscht, dass es keine Nachricht von David ist, sondern nur von meiner Mutter: *Hallo, mein Schatz, wie ist es in Berlin? Geht es dir gut? Und hast du Spaß? Pass bitte auf dich auf! Melde dich mal. Kuss Mama.*

Boah. Ich ertrage es nicht mehr! Stecke genervt das Handy zurück in meine Hosentasche und stoße nun doch mit Marta an, die nach wie vor darauf wartet, den ersten Schluck zu nehmen.

In einem Zug trinken wir beide den Jägermeister aus. Ich verziehe die Miene, weil der Geschmack eklig ist. Geht für mich in Richtung Hustensaft. Marta lacht bei meinem Anblick. Sie dagegen scheint es lecker zu finden.

Sie stellt ihr leeres Fläschchen auf den Boden und greift im Gegenzug nach zwei Bierflaschen, die sie ebenfalls kurzerhand öffnet, indem sie die jeweils andere Flasche zum Öffnen benutzt. Das könnte ich gar nicht.

„Probs?", fragt sie nur.

„Meine Mutter!" Ich schüttele den Kopf.

„Oh. Das kenne ich!" Sie lächelt.

Und wieder klirren unsere Flaschen kurz aneinander und ich nehme einen großen Schluck, gefolgt von einem weiteren. Marta hat auch einen richtigen Zug. Sie trinkt so schnell, dass sie aufstoßen muss. Und kichert.

„Ich mag dich. Auf ex?"

Sie schaut mich an und zeigt ihre Flasche. Ich nicke und will eigentlich nur eines: ins Hostel.

Während sie es schafft, ihre Flasche in einem Zug auszutrinken, muss ich dreimal absetzen.

Unsere leeren Bierflaschen stellen wir auf den Boden zu den leeren Jägermeisterfläschchen.

Und flugs hat Marta auch schon wieder die nächsten beiden Bierflaschen in der Hand und öffnet sie auf die gleiche Art und Weise.

Es gluckert in meinem Bauch – war doch zu viel Alkohol in zu kurzer Zeit. Und dennoch drückt sie mir die neue Flasche in die Hand und ich lasse sie gewähren.

Sie hakt sich bei mir ein und wir setzen den Weg fort.

„Und die leeren Flaschen?“

„Scheißegal!“ Sie kichert erneut und wiederholt: „Ich mag dich!“

Wie kann sie so etwas sagen? Sie kennt mich doch gar nicht, weiß nichts von mir oder über mich. Gut, vielleicht weiß sie, dass ich Krebs hatte, aber sonst?

Reicht das schon für „mögen“?

Wir haben vorher noch nie viele Worte miteinander gewechselt!

Ich schweige wieder und nippe lieber an der Flasche Bier, während wir uns weiter Richtung Hostel durchschlagen.

Der Alkohol wirkt bereits bei mir. Fühle mich angeschickert und benebelt. Blende um mich herum alles aus und lasse mich eigentlich nur noch von Marta ins Hostel führen, während ich die zweite Flasche Bier – wie Marta – austrinke. Sie macht einen aufgedrehteren Eindruck und kichert immer wieder.

Was David jetzt wohl gerade denkt?

Oder ob er schläft?

Wie es ihm geht?

Vermisst er mich?

Warum reagiert er nicht auf meine Nachricht?

Ich setze einen Fuß vor den anderen und bin froh, endlich das Hostel zu sehen.

Wir werfen unsere beiden zweiten, inzwischen leeren Bierflaschen in den Mülleimer, was man eigentlich nicht machen sollte, und gehen im Hostel direkt auf unsere Etage, auf der wir unsere Zimmer haben.

Ich will mich von Marta lösen und in mein Zimmer gehen, doch Marta folgt mir und lässt mich nicht los.

Zu spät merke ich, was sie will. Denn kaum hat sie die Tür von meinem Zimmer, das ich mit drei weiteren Klassenkameraden teilen muss, geschlossen, beginnt sie, mich an der Wange zu streicheln. Sie ist definitiv auch angeschickert und sie ist vor allem rattig.

„Ähm, was machst du?", lalle ich leicht und will sie von mir wegstoßen. Doch sie bleibt hartnäckig und berührt meinen Schwanz durch die Jeans. Doch dabei bleibt es nicht. Sie beginnt ihn zu kneten, worauf er sehr schnell steif wird.

„Ähm", wiederhole ich, einerseits vom Alkohol benebelt, andererseits aber auch plötzlich irgendwie spitz. Was passiert hier?

Sie schiebt mich Richtung Bett und gibt mir einen leichten Stoß, dass ich darauf falle. Kurz darauf liegt sie neben mir und beginnt, mich zu küssen. Spüre ihre Zunge in meinem Mund, was sich eklig anfühlt. Ich gehe mit meinem Kopf etwas zurück, beende abrupt den Zungenkuss. Doch das bringt sie nur noch weiter in Fahrt.

Sie öffnet meine Jeanshose und zieht sie mir schnell ein Stück nach unten. Alles beginnt sich bei mir zu drehen.

Ich starre an die Decke, bleibe passiv, während sie meine Boxershorts anhebt und meinen steifen Schwanz mit den Händen umfasst. Schnell beginnt sie, ihn zu wichsen und dann – dieses Gefühl kannte ich noch nicht – ihn zu blasen.

Krass.

Alles dreht sich. Mir wird schlecht. Doch in meinem Schwanz pocht es mehr und mehr – und Marta saugt und schleckt an meinem Schwanz herum. Unaufhaltsam.

Ich zucke, stöhne – und sie ist noch mehr in Fahrt. Ich kann nicht mehr und komme direkt in ihren Mund. Erst jetzt hört sie auf und schaut mich lächelnd an.

Was war das?

Was hat sie gemacht?

Was habe ich mit mir machen lassen?

Mir wird plötzlich richtig schlecht. Habe das Gefühl, kotzen zu müssen. Und was macht Marta? Sie ist gerade dabei, ihre Bluse auszuziehen …

Stopp!

Ich will nicht!

Beginne zu würgen – fast so wie während meiner Chemotherapie. Marta hält mit dem Ausziehen inne, geht etwas zurück. Da kotze ich auch schon im Schwall ein Gemisch aus Döner und Bier aufs Bett.

„Igitt!", schreit sie kurz auf und greift nach ihrer Bluse. Flink torkelt sie aus dem Zimmer – und lässt mich in der Kotze zurück, die widerlich zu stinken anfängt!

Zum Glück ist sie gegangen.

Die Kotze hatte einmal was Gutes und mich gerettet.

O Gott. Was war das nur?

So muss es sich anfühlen, wenn man in den Puff geht.

Abspritzen, fertig.

Fühle mich schlecht.

Ich rappele mich auf und beginne, meine Kotze wegzuputzen, bevor die anderen zurück sind.

*

Eigentlich wollte ich heute zu David und ihm von dem Berlin-Aufenthalt und von Marta erzählen, aber ich wurde nicht zu ihm gelassen. Sein Zustand hat sich weiter verschlechtert – verbunden mit einer akuten Lungenentzündung. Hatte nur kurz mit seiner Mutter Kontakt und es mir schon gedacht, weil David keine meiner Nachrichten gelesen hat – das wurde mir durch die grauen Häkchen bei den Nachrichten angezeigt, die ich immer im Blick behielt.

Ich mache mir Vorwürfe, dass ich nach Berlin gefahren bin. Doch David wollte es ja auch unbedingt. Wenn er wüsste, dass mir in Berlin einer geblasen wurde – was würde er dazu wohl sagen?

Ich hatte ja praktisch keine Chance, Marta abzuwehren.

Nur gut, dass sie einen Tag später nichts mehr zu mir gesagt hat – so, als hätte nie etwas zwischen uns stattgefunden. Und das war mir auch recht so.

David hätte es bestimmt lustig gefunden und im Detail wissen wollen, wie es sich anfühlt. Hab mir echt auf der Rückfahrt die Frage gestellt, ob ich mir vorstellen könnte, einen Schwanz zu lutschen. Also könnte ich das bei David machen?

Ehrlich gesagt, weiß ich es nicht. Das Gefühl, einen geblasen zu bekommen, war schon krass.

Aber die Vorstellung, dass ich … hmmm … irgendwie nicht so prickelnd. Andererseits, wenn ich David so sehe, dann habe ich schon das Verlangen nach mehr … Aber was genau ist dieses Mehr?

Ach, ich weiß nicht. Oder doch?

Würde es schon gerne bei ihm ausprobieren und er dann auch bei mir. Wäre bestimmt noch viel intensiver und krasser, als es bei Marta war.

Bin ich ihm denn eigentlich fremdgegangen? Oder kann man das gar nicht so sagen?

Diese ganzen Gedanken und Fragen immer und keine Antworten. Wie gerne hätte ich David deshalb heute gesehen und wäre bei ihm gewesen. Das hätte mir gutgetan. Einfach seine Anwesenheit – und vielleicht hätte ich auch Antworten erhalten. Doch jetzt bin ich wieder außen vor … und genauso fühle ich mich insgesamt: Außerhalb von allem und die Aussicht scheint auch irgendwie düster zu sein.

*

Es ist mitten in der Nacht, als mein Handy vibriert. Ich kann eh wieder nicht schlafen, wie so oft in letzter Zeit. Zu viele Gedanken – zu wenig Antworten.

Wie heißt es bei Brechts Galilei in Szene drei und vierzehn so schön: „Wie ist die Nacht? – Hell“. Wir mussten in der Schule diese beiden Szenen interpretieren, in dem das Zitat vorkommt. Jetzt hat es für mich eine neue Bedeutung.

Zu hell, um schlafen zu können. Zu hell, um Gedanken, Sorgen, Probleme, Ängste verdecken zu können. Sie sind präsent, nicht zu übersehen!

Ich öffne die Nachricht – sie ist von David. Ich bin überrascht. Sofort ändert sich mein Gefühlszustand. Gebannt lese ich seine Zeilen: *Mein Schatz, bitte fliege nach Malibu. Bald, sehr bald! Ich bin bei dir. Freu mich über Fotos oder Videos.*

Immer wieder lese ich die Zeilen. Er hat doch tatsächlich „mein Schatz" geschrieben.

Mein Schatz. Wie schön das klingt.

Was für Worte – was für ein Gefühl in mir. Genau jetzt in diesem Moment mitten in der Nacht. Fühle mich plötzlich angestrahlt – „erhellt".

Dann fühlt wohl auch er mehr – darüber haben wir bis jetzt nicht gesprochen und auch unser Verhältnis nicht thematisiert. Alles hat sich irgendwie so automatisch ergeben – oder besser gesagt: Unsere Magnete sind so stark geworden, dass es wohl förmlich in der Anziehung münden musste.

Gesprächsbedarf?

Eigentlich nicht – wenn ich seine Worte lese.

Mein Schatz.

Ich lächele.

Mach ich. Versprochen! Ich umarme dich fest!, schreibe ich ihm schließlich zurück.

Nice, kommentiert er kurzerhand meine Nachricht.

Ich freue mich über jede Zeile. Wie gerne würde ich ihn jetzt sehen, ihn hören: *Können wir kurz telefonieren oder über Facetime sprechen?*

Schnell habe ich die Nachricht an ihn geschickt. Doch er antwortet nicht. Starre gebannt auf mein Handy. Beginne zu schwitzen bei der Vorstellung, ihn vielleicht gleich zu sehen oder zumindest hören zu können. Mein Handy vibriert und lässt mich vom Bett in die Höhe schnellen. Kann nicht mehr liegen – so aufgeputscht bin ich plötzlich. Rufe sofort seine

Nachricht ab: *Kann kaum sprechen, fühl mich so schwach. Aber wenn es für dich okay ist, dann würde ich mich freuen, einfach nur kurz deine Stimme zu hören. Dann lege ich mein Handy neben mich hin, weil ich auch das kaum in der Hand halten kann.*

Kaum habe ich die Nachricht zu Ende gelesen, wähle ich seine Nummer. Beginne richtig zu zittern beim ersten Rufton, der ertönt – gefolgt von einem zweiten.

Er nimmt ab: „Schön." Ich erschrecke, denn so erschöpft hat er noch nie geklungen.

„Mein Schatz", bekomme ich gerade noch heraus. Mir versagt die Stimme. Die Situation, die ganze Anspannung davor, die Freude, dass es jetzt doch überraschend mit einem kurzen Telefonat klappt, meine ganzen Gedanken – zu viel für mich und meinen Körper.

Sekundenlang hören wir uns nur zu, wie wir atmen. Für uns mit einem Gespräch vergleichbar. Es ist ein so besonderes Gefühl … Bin echt überwältigt und lasse mich an der Heizung in meinem Zimmer auf den Parkettboden gleiten.

Höre, wie er sich räuspert.

„Bald sind wir in Malibu …", sage ich plötzlich ganz leise und wie von selbst. „Und dann werden wir zusammen Wellen reiten, egal, wie groß die Wellen sein werden …" Ich mache eine kurze Pause. „Also du wirst das natürlich besser können als ich – mit deinem tollen gestählten Körper …"

Wieder mache ich eine Pause. Obwohl ich nicht weinen will, verschwimmt mein Blick.

„Ne … du!", höre ich ihn ganz leise sprechen.

„Okay, einigen wir uns auf: wir beide!" Ich schlucke. Beginne leise zu weinen. Es macht mich schlagartig so traurig, wie ich ihn atmen höre und nichts machen kann.

Piep … Piep … Piep.

Shit. Ist er jetzt auf den Button gekommen oder konnte er nicht mehr?

Das Gespräch ist jedenfalls beendet. Soll ich ihn nochmals anrufen? Oder jetzt doch lieber in Ruhe lassen? Vielleicht meldet er sich ja auch noch einmal, wenn er die Kraft dazu hat.

Ich halte mein Handy fest in der Hand. Spüre die Kälte des Heizkörpers, der natürlich in der Nacht nicht mehr läuft.

Ich schlucke, ziehe meine Nase hoch.

Wie ist die Nacht?

*

Ich sitze im Flugzeug nach Los Angeles, um von dort aus weiter nach Malibu zu kommen. Das ist zum Glück nur circa fünfunddreißig Meilen von L.A. entfernt.

Auch wenn ich zunächst nur widerwillig die zwölftägige Reise unternehmen wollte, bin ich jetzt doch froh, im Flugzeug zu sitzen.

Es ging einfach nichts mehr bei mir. Meine Eltern, die Schule, die Kontrolluntersuchungen auf der einen Seite und auf der anderen Seite der schlechte Gesundheitszustand von David.

Mir gelang der Spagat nicht mehr. Das Schlimmste dabei war, dass ich David nicht mehr sehen konnte. Kein Telefonat, kein Facetime, nur ab und zu mal eine kurze Nachricht. Davids Zustand ließ einfach nicht mehr zu …

Ich weiß, dass ich mich eigentlich von ihm verabschieden muss, aber ich kann nicht. Kann ihn nicht loslassen, weil …

Das ist mir wirklich klar geworden – und nicht erst durch die Berlin-Aktion: Ich liebe ihn!

Ich liebe ihn so sehr, dass ich mir nicht einmal mehr Gedanken gemacht habe, wie es eigentlich ist, schwul oder bi zu sein oder was auch immer. All diese Fragen sind angesichts seines Gesundheitszustandes sekundär.

Und dann habe ich immer wieder seine fast schon flehende Bitte in den Ohren gehabt, dass ich alleine nach Malibu fliegen und ihm Fotos und Videos schicken soll.

Unsere Reise.

Unser Ziel.

Es ist echt ein so krasses Gemisch aus all meinen Gedanken und meinen Gefühlen.

Hatte gedacht, den Boden unter den Füßen zu verlieren. Daher in einer Kurzschlussaktion die Reise gebucht. Ich musste. Jetzt. Oder ich wäre untergegangen.

Zum Glück haben mich meine Eltern unterstützt und mir die Flugtickets und Hotelkosten finanziert, auch wenn sich meine Mutter große Sorgen macht und es nicht gut findet, dass ich alleine unterwegs bin und es während der Schulzeit mache. Aber ich hätte keine andere Begleitung außer David ertragen. Es wäre nicht gegangen. Und ich hätte auch nicht bis zu den Osterferien warten können – keine Ahnung, was meine Eltern den Lehrern erzählt haben, dass ich dem Unterricht fernbleiben darf. Auch das ist mir so egal.

Hauptsache, weg.

Hauptsache, Abstand.

Denn was jetzt nur noch für mich zählt, ist das Einlösen meines Versprechens gegenüber David. Das bin ich ihm schuldig.

Ich schaue aus dem Fenster und sehe unter uns die Wolkendecke. Wie weiß und weich sie doch aussieht.

Wenn er jetzt nur hier sein könnte. Was würde ich darum geben.

Alles.

*

Ich stehe am Strand von Malibu. Habe mir heute extra das rote Rettungsschwimmer-T-Shirt angezogen, das David eigentlich nicht wollte, um seine „gestählte" Brust nicht zu verdecken. Minutenlang stehe ich nur so da und schaue auf das unendlich scheinende Meer mit den am Strand aufkommenden Wellen.

Ich bin tatsächlich angekommen. Unser Ziel: Der Strand von Malibu.

Ich atme tief ein und aus. Spüre den leichten Wind im Gesicht.

So viel über Malibu gesprochen, geträumt, danach gesehnt und jetzt stehe ich real hier!

Wieder atme ich tief durch.

Ich laufe langsam am Strand entlang, lasse meinen Blick schweifen. Sind doch nicht so viele Personen, wie ich vermutet hatte. Aber dafür ist es auch noch zu frisch. Dennoch sind die Rettungsschwimmertürme besetzt.

Bei einem sehe ich eine Rettungsschwimmerin mit blonder Mähne stehen. Ich muss lächeln. Kann mir förmlich Davids Blick vorstellen, wenn er jetzt hier wäre.

Ich hole mein Handy heraus und fotografiere den Turm mit der Blondine. Verschicke es direkt an David mit der Nachricht: *Wir sind am Ziel.*

Dann halte ich das Handy auf mich und starte ein Video: *Hallo, mein Schatz. Nur für dich ein paar Eindrücke vom Strand von Malibu.*

Ich schwenke langsam mit dem Handy von meinem roten T-Shirt auf den Strand, dann auf das Meer und wieder auf mich zurück.

Und Rettungsschwimmerinnen gibt es hier auch.

Kurzerhand drehe ich meine Handykamera in Richtung Rettungsschwimmerturm mit der Blondine und wieder auf mich. Ich schaue einige Sekunden in die Kamera, suche nach Worten, doch finde keine. Es ist fast alles gesagt.

Fast.

David, mer sin eins und werden das immer bleiben. Ich mache eine kurze Pause, schlucke, sammele mich noch mal und spreche es dann doch aus: *Ich liebe dich.*

Ich lächele und drücke auf den Stopp-Button.

Ohne groß zu überlegen, verschicke ich auch das Video an ihn.

Zu meiner Überraschung bekomme ich angezeigt, dass er es erhalten und just in diesem Moment geöffnet hat. Gebannt schaue ich auf das Display meines Handys. Ob und wie wird er reagieren? Immerhin haben wir neun Stunden Zeitverschiebung. Bei mir 10:30 Uhr – bei ihm 19:30 Uhr.

Minuten vergehen – keine Reaktion. Ich halte es nicht mehr aus und schreibe eine Nachricht hinterher: *Konntest du das Video anschauen?*

Auch diese Nachricht wird als zugestellt und gelesen angezeigt. Aber leider erfolgt auch darauf keine Antwort. Hätte ich doch nicht sagen sollen, dass ich ihn liebe? War das für ihn zu viel? Oder geht es ihm so schlecht, dass er nicht reagieren kann? Oder will er einfach nur gerade nicht reagieren?

Wieder zig Fragen und keine Antworten.

Ohne groß zu überlegen, wähle ich seine Nummer – scheißegal, wie teuer das wird.

Beim ersten Rufton, der zu hören ist, beginne ich zu zittern. Dann erfolgt der zweite, der dritte und vierte Rufton. Doch zu meiner Verwunderung nimmt er nicht ab, sondern drückt mich weg. Perplex schaue ich auf das Display und sehe, dass er gerade etwas zurückschreibt.

Habe plötzlich gar keinen Blick mehr für den Strand, für das Meer, sondern schaue nur noch auf das Display. Ich habe Angst vor dem, was er gerade schreibt. Vielleicht hätte ich nicht sagen sollen, dass ich ihn liebe – oder es anders ausdrücken sollen.

Oder …

Vielleicht …

Aber …

Doch …

Zum Glück wird mein Gedankenkarussell beendet, indem endlich seine Nachricht ankommt, die ich sofort öffne und lese: *Lieber Jonas, vielen Dank für deine Nachrichten, für die Fotos und das tolle Video. Ich habe es ihm gerade abgespielt – er liegt seit zwei Tagen im Koma. Ich hatte aber das Gefühl, dass er deine Worte gehört hat … Es tut mir leid, ich konnte gerade nicht an sein Handy gehen und mit dir sprechen. Bitte verzeih mir. Lass uns gerne treffen, wenn du wieder zurück in Köln bist. Liebe Grüße, Ilona.*

Ich stecke mein Handy zurück in die Hosentasche. Jetzt wird mir klar, warum er mir nicht mehr geantwortet hat.

Koma.

Ich laufe vor ans Meer, ziehe meine blau-rot-karierten Vans-Schuhe und die grellblauen Socken aus – die ich mir extra wegen seines Ticks gekauft habe – und krempele die Jeans nach oben. Ich begebe mich ein Stück weiter hinein, sodass die auslaufenden Wellen meine nackten Füße umspülen können. Auch wenn das Meer noch kühl ist, umgibt mich plötzlich ein eigenartiges, warmes Gefühl.

Mir ist klar, was die Nachricht von Davids Mutter bedeutet – und dennoch werde ich innerlich schlagartig ruhig, so als wäre genau jetzt in diesem Moment David bei mir. Ein angenehmes Gefühl.

Ich schaue auf das Meer – minutenlang, während die auslaufenden Wellen immer und immer wieder meine Füße umspülen. Mittlerweile hat auch meine Jeans etwas abbekommen. Doch ich spüre die Feuchtigkeit gerade gar nicht. Es ist eher eine Leichtigkeit, die in mir aufkommt, weil ich David ganz nah bei mir spüre, ihn rieche – so, als würde er mich gerade fest und vertraut umarmen.

Wir haben es geschafft.

Wir sind am Ziel – David und ich am Strand von Malibu.

David reicht mir ein blaues Surfbrett mit orangefarbener Umrandung. Er steht strahlend mit seiner roten Schwimmshorts und seinem eigenen weiß-blauen Surfbrett vor mir. Er schaut so gut aus! Sein schmaler Haarpfad vom Bauchnabel in seine Shorts sticht besonders hervor. Wir schauen uns tief in die Augen, nicken uns zu. Gleichzeitig rennen wir beide los Richtung Meer – aber kein Wettrennen oder Duell, sondern auf gleicher Höhe. Wir haben die gleiche Geschwindigkeit. Jeder hat sein Brett fest unter den Arm geklemmt. Immer wieder schauen wir uns an. Wir sind glücklich, freuen uns, sind zusammen!

Endlich im Meer angekommen, paddeln wir auf unseren Brettern weiter hinaus, bis sich die erste gute Welle abzeichnet. Sofort bringen wir uns beide in Position und richten uns auf dem Brett auf. Sehe David schräg vor mir, wie er gekonnt die Welle reitet, während ich mit meinem Gleichgewicht zu kämpfen habe. Aber das macht mir nichts. Er dreht sich kurz zu mir um – sehe für einen Moment sein Strahlen, bevor er vom Brett fällt und die Welle ihn mitnimmt …

Mittlerweile ist nicht nur meine Jeans nass, sondern ich spüre jetzt auch die Feuchtigkeit an meiner Boxershorts. Meine Füße sind sogar ein Stück im Sand eingesunken.

Ich atme tief ein. Hätte David mich nicht so gedrängt, dann wäre ich jetzt nicht hier. Er muss gewusst haben, was das für mich bedeutet und in mir auslöst. Er wollte mir dadurch mit Sicherheit den Abschied leichter machen … das wird mir erst jetzt klar. Dass ich ihn loslassen und selbst einen Weg weitergehen oder neu beginnen kann.

Ich presse meine Lippen zusammen. Ein Möwenschwarm fliegt über mich hinweg.

Wohin mich der Weg führen und wie es mir dabei ergehen wird, weiß ich noch nicht und kann ich mir momentan auch nicht vorstellen. Aber ich will den Weg gehen, mich dem allem stellen – für dich, David, meinen Bruder, meinen Freund, den ich immer in meinem Herzen tragen werde.

Ich gehe langsam zurück zu meinen Vans-Schuhen und grellblauen Socken, ehe ich mich noch einmal zum rauschenden Meer umdrehe.

Ich lasse meinen Blick über das Meer bis zum fernen Horizont schweifen.

Ich lächele.